Steinunn Sigurdardóttir gehört zu den prominentesten Autoren Islands. Sie studierte Psychologie und Philosophie am University College in Dublin. Mit ihrem ersten Gedichtband, den sie im Alter von 19 Jahren veröffentlichte, begeisterte sie ihr Publikum. 1995 erhielt sie den Isländischen Literaturpreis. International wurde sie durch ihre Romane «Der Zeitdieb» und «Herzort» bekannt. Ihr Bestsellererfolg «Der Zeitdieb» wurde mit Emmanuelle Béart und Sandrine Bonnaire in den Hauptrollen verfilmt. Sigurdardóttir hat an unterschiedlichen Orten auf der ganzen Welt gelebt. Heute pendelt sie zwischen Reykjavík und Berlin.

Steinunn Sigurdardóttir

Jojo

Roman

Aus dem Isländischen von
Coletta Bürling

Rowohlt Taschenbuch Verlag

Die Originalausgabe erschien 2011 unter dem Titel
«Jójó» bei Bjartur, Reykjavík.

Veröffentlicht im Rowohlt Taschenbuch Verlag,
Reinbek bei Hamburg, September 2015

Redaktion Uta Rupprecht
Umschlaggestaltung any.way, Hamburg
nach einem Entwurf von ANZINGER WÜSCHNER RASP, München
Satz Bembo PostScript, PageOne bei
Dörlemann Satz, Lemförde
Druck und Bindung CPI books GmbH, Leck, Germany
ISBN 978 3 499 26979 0

Dieses Buch
ist Hlín Agnarsdóttir
gewidmet

WARUM ICH, fragt der Mann vor meinem Schreibtisch in weinerlichem Ton.

Warum muss ausgerechnet mir so etwas Furchtbares passieren?

Weshalb habe ich ihm nicht einen Termin am Montag gegeben, so wie ursprünglich geplant. Es ist 15:18 Uhr, und ich werde ihn nicht los. Das Ende meines Arbeitstages ist in weite Ferne gerückt. Die Sonne strahlt vom Himmel herunter, und ich möchte mit meiner Petra draußen sein, mich in der klaren Frühlingsluft an eine fünf Stockwerke hohe Wand mit Kastanienblüten lehnen und mir ein Bier bestellen oder vielleicht auch diesen hellen Rosé aus der Provence, auf den Martin mich gebracht hat.

Warum ausgerechnet ich?, wiederholt der Mann.

Einfach darum, guter Mann, es geht um die Einfach-darum-Statistik. Aber das kann ich natürlich nicht laut sagen, deswegen beginne ich mit meinem kleinen Vortrag:

Jeder dritte Mensch bekommt im Laufe seines Lebens Krebs. Wir haben letztlich keine hundertprozentig sicheren Informationen darüber, warum ein bestimmter Mensch von einem bestimmten Tumor befallen wird. Es gibt natürlich immer Risikofaktoren wie Rauchen, Übergewicht, zu viel Alkohol, zu wenig Bewegung.

Nichts davon trifft auf mich zu. Ich lebe sehr gesund, ich ernähre mich zu fünfundachtzig bis neunzig Prozent von Biokost, ich achte auf meine Linie (er knöpft sich das schwarze Jackett auf und trommelt mit den Fingern auf seinen Bauch). Ich unternehme lange Spaziergänge in der Stadt, mindestens sechsmal in der Woche, sie können bis zu drei Stunden dauern, und trotzdem passiert so etwas ausgerechnet mir. Warum?

Sie müssen bedenken, dass Krebs aus mehreren, unterschiedlich schwer wiegenden Krankheitsfaktoren besteht, und deswegen sind auch die Aussichten auf Heilung unterschiedlich. In Ihrem Fall stehen die Chancen gar nicht schlecht. Das wurde Ihnen ja bereits gesagt.

Schon, aber der Tumor sitzt in der Speiseröhre, das ist doch eine schreckliche Stelle.

Wir können nicht bestimmen, wo sich ein Malignom bildet.

Ich verstehe es einfach nicht, sagt er mit gebrochener Stimme. Ausgerechnet mir muss das passieren.

Ich wiederhole es, Ihre Aussichten sind gut, sage ich noch einmal, reiche ihm ein Kleenex und beginne, Schritt für Schritt die Therapie zu erläutern, die ich für ihn vorgesehen habe. Sie steht gewiss nicht in vollster Übereinstimmung mit den Verfahrensweisen von chemikalienpanschenden Kollegen, aber nach anfänglichen Schwierigkeiten kann ich inzwischen meist mühelos das durchsetzen, was mir vorschwebt. Ich habe den Ruf, immer die optimale Therapielösung zu finden.

Es ist zugegebenermaßen verlockend, einem Patienten, der so reagiert, klarzumachen, wie viel größer sein Pech sein könnte und dass es wesentlich Schlimmeres gibt als seine Art von Tumor – aber auf eine solche Versuchung darf man sich als Fachmann nicht einlassen. Selbstverständlich ist die Speiseröhre keine gute Stelle, doch in diesem Fall handelt es sich nur um einen kleinen Tumor, der meinen strategischen Maßnahmen kaum standhalten können wird. Es gibt keine Metastasen, und dem Mann wurde bereits klar gesagt, dass sein Krebs heilbar ist (auch wenn man das wohl nie hundertprozentig garantieren kann), und da sitzt er nun und winselt. Eine äußerst gepflegte Erscheinung, ein Mann mit leiser Stimme, dreiundsiebzig Jahre alt.

Auf diesem Stuhl haben mir blutjunge Menschen gegenübergesessen, denen ich die allerschlimmsten Nachrichten mitteilen musste, doch sie nahmen sie wie ein weiteres unabänderliches Faktum in ihrem Leben zur Kenntnis. Sie zuckten mit keiner Wimper, sondern stellten ausschließlich sachliche Fragen zur Therapie und den Nebenwirkungen. Ob sie noch drei Monate zu leben hätten, ein halbes Jahr, ein Jahr. Was besser wäre, an der Krankheit zu sterben oder an der Therapie, wenn man vor die Wahl gestellt würde. Mehr als einer von diesen sympathischen Patienten, die mich nach der ihnen verbleibenden Zeit gefragt hatten, lebte wesentlich länger als erwartet, zwei sind sogar immer noch am Leben, obwohl die Frist, die ich ihnen genannt hatte, bereits seit zwei Jahren überschritten ist.

Von mir aus nenne ich meinen Patienten normalerweise keine Zeitspanne, es sei denn, sie bestehen darauf. Ich finde es brutal, so als würde ich mich als Prophet aufspielen, dem die Macht direkt von Gott übertragen wurde. Zeitliche Voraussagen sind unwissenschaftlich, ungenau. Und sind dazu angetan, die Situation zu verschlimmern. Es ist mehr als einmal vorgekommen, dass Patienten von mir kürzer gelebt haben, als ich ihnen in Aussicht gestellt hatte. Ich war davon ausgegangen, dass sie mindestens noch zwei oder drei Monate zu leben hätten. Einer starb nach einer Woche, ein anderer nach zehn Tagen. Für sie war das schlimm, weil ihnen nicht genug Zeit blieb, um ihre Angelegenheiten zu ordnen und Abschied von der Welt zu nehmen.

Der Patient vor mir hat immer noch tränenfeuchte Augen. Vielleicht würde er trotz dieser anstrengenden Therapie sterben oder die Haare verlieren (nicht zu fassen, der Mann hat eine ausgewachsene Glatze). Er fährt sich mit behaarten Händen über den Schädel, sehr richtig, da ist Kahlschlag.

Langsam verliere ich die Geduld. Ich zähle bis zehn und versuche ihm zu erklären, dass er Glück im Unglück hat, weil er ohne Operation davonkommt. Die Patienten würden natürlich unterschiedlich auf die Chemotherapie reagieren. Der wohldosierte Cocktail aus Infusionen und Bestrahlung, den er bekommen würde, sei aber meist gut verträglich. Allenfalls gebe es Nebenwirkungen wie Müdigkeit und Verdauungsprobleme.

Das ist nicht gut für mich, sagt er, ich habe einen schwachen Magen.

Es wird schon alles werden. Sie sind doch in guter körperlicher Verfassung.

Ja, ich achte sehr auf meine Gesundheit, sagt er.

Das kommt Ihnen jetzt zugute.

Ich hatte ursprünglich vorgehabt, den Mann kurz zu untersuchen, das mache ich meistens beim ersten Gespräch: die Lymphdrüsen in den Achselhöhlen, am Hals und in den Leisten, aber im Grunde ist das überhaupt nicht erforderlich, das haben die Kollegen bereits in aller Ausführlichkeit getan.

Außerdem hat sich das Gespräch bereits ungebührlich in die Länge gezogen, und der letzte Patient an diesem Tag wartet wahrscheinlich schon mindestens eine Dreiviertelstunde auf mich.

Wenn Sie zur Bestrahlung kommen, werde ich im Hause sein, ich bin jederzeit erreichbar.

Dem Himmel sei Dank, dass ich es mit einem sehr fähigen Arzt zu tun habe.

Wir wollen es hoffen.

Überraschenderweise lächelt der Patient. Dieses anbiedernde Lächeln bildet einen scharfen Kontrast zu dem glattrasierten und gebügelten Mann im schwarzen Beerdigungsjackett.

Und noch einmal glaubt er, etwas sagen zu müssen. Der Mann hat Sitzfleisch.

Deswegen stehe ich auf, um ihm Beine zu machen.

Der Patient verabschiedet sich, er hat keine Eile. Klopft dem Arzt auf die Schulter, beinahe autoritär. Auf den wenigen Schritten zur Tür kommt mir seine Rückansicht bekannt vor. Jemand aus längst vergangener Zeit? Ein Volksschullehrer, ein Ladenangestellter?

Die Neugier treibt mich zur Tür, ich öffne sie für ihn, und siehe da, auf dem Korridor sitzt eine Frau, die auf ihn wartet. Das ist ungewöhnlich, der oder die Angehörige, so es denn jemanden gibt, kommt normalerweise immer mit zu mir herein. Auf jeden Fall beim allerersten Gespräch.

Die mutmaßliche Ehefrau erhebt sich mit steifen Bewegungen. Sie sieht aus, als wäre sie zehn Jahre älter als der Mann. Eine in jeder Hinsicht graue Person. Haare, Teint, Kleidung. Sie trägt sogar staubgraue Schuhe.

Die Frau blickt zu Boden, wie um sich zu vergewissern,

dass sie festes Land unter den Füßen hat. Der Mann marschiert an ihr vorbei. Angesichts seiner Betulichkeit während unseres Gesprächs bin ich verblüfft, ihn jetzt so forsch ausschreiten zu sehen.

Die Frau schlurft hinter ihm her wie der unschlüssige Schatten eines kleinen Strauchs im Wind. «Hat sich die Gangart von Verstorbenen zugelegt», sagte Martin irgendwann einmal über einen katalanischen Freund, den er in der Gosse kennengelernt hatte. Und jetzt verstehe ich, was er damit gemeint haben könnte. Die Rückansicht des Mannes gibt mir immer noch Rätsel auf: die Gehweise, der soldatische Takt. Es ärgert mich, dass ich nicht weiß, woher ich ihn kenne. Was ist bloß aus dem stählernen Gedächtnis von Martin Montag geworden?

Bei mir drinnen ist es stickig, trotz des halb offenen Fensters. Ich reiße es weit auf und gönne mir einen Schluck frische Luft. Jetzt heißt es sich disziplinieren, die restlichen Punkte auf der Tagesordnung schnell und zuverlässig hinter sich bringen und ein paar Dinge, die bis morgen warten können, hintanstellen – damit ich so schnell wie möglich mit Petra zur Kastanienblütenwand komme. Hinaus in den ersehnten Frühling, der lange auf sich warten ließ und dann abrupt hereinbrach, sodass die Kastanien jetzt früh wie seit Menschengedenken nicht blühen.

Speiseröhrenkarzinom. Der vorletzte Patient taucht unversehens wieder auf dem Bildschirm auf, als ich die Maus bewege. Ein kreisrundes Karzinom, auf dem Schirm ist es feuerrot. Platziert an einer günstigen Stelle, die man verhältnismäßig direkt bestrahlen kann, ohne allzu viel gesundes Gewebe in Mitleidenschaft zu ziehen. Ein kleines Karzinom, höchstens einen Zentimeter im Durchmesser. Es wächst rasch und ist deswegen einfacher zu behandeln als ein langsam wachsender Tumor – eine Tatsache, die wie ein Widerspruch in sich klingt und die Patienten oft überrascht. Aber an diesem Tumor ist irgendetwas, was mir sagt, dass noch mehr dahinterstecken könnte. Trotzdem hilft es dem Patienten auch nicht weiter, eine derart larmoyante Haltung an den Tag zu legen. Hinter ihr verbirgt sich möglicherweise noch anderes – wenn man das anbiedernde Lächeln bedenkt und den forschen Schritt, als er mit seinem weiblichen Schatten auf den Fersen den Korridor entlangstolzierte. Nachdem er bei mir im Sprechzimmer den Eindruck zu erwecken versucht hatte, als könnte er sich praktisch nur noch auf allen vieren fortbewegen.

Ein Tumor zeigt manchmal denselben Charakter wie der Mensch, in dem er sich angesiedelt hat. Es kann aber auch den Anschein haben, als passe er keineswegs zu der Person, die er umbringen will. Zum Beispiel ein kleiner und sehr bösartiger Tumor an einer besonders raffinierten Stelle in einem überaus gelassenen und großen Menschen.

Ein kleines, rundes und schnell wachsendes Karzinom, das aussieht wie ein feuerrotes Jojo. Wie passt das zu einem wie aus dem Ei gepellten Menschen, der sich bemitleidet? Und sich die größten Sorgen darüber macht, wegen der Chemotherapie die Haare zu verlieren, auch wenn er kaum noch welche auf dem Kopf hat?

Es geht nicht ohne Komplikationen ab, diesen Tag zu beenden. Die Konzentration lässt nach. Ich versuche es damit, sämtliche Fenster sperrangelweit zu öffnen, aber die Luft ist immer noch so dick wie eine Wand und verursacht klaustrophobische Gefühle. Ich öffne die Tür zum Korridor, aber auch der Durchzug bringt keine Erleichterung. Mein Atem geht verdächtig schwer, möglicherweise will das Herz mir einen Streich spielen.

Es würde wahrscheinlich wie ein Lauffeuer die Runde machen, wenn ein vierunddreißigjähriger Arzt beim Joggen einen Herzschlag bekäme und eines plötzlichen Todes stürbe. Dergleichen ist ja durchaus schon vorgekommen. Sollte mir das jetzt bevorstehen, dann würde ich schon lieber irgendwo draußen im Frühling den Geist aufgeben als hier in meinem Büro. Selbst wenn sich die Sonne bei geöffneten Fenstern auch hier tummeln kann.

Ich werfe den weißen Kittel über eine Stuhllehne, und es kommt mir so vor, als würde ich ein Ziehen im linken Arm verspüren. Martin Montag im Spiegel sieht bleich und verschwitzt aus. Es ist eine Weile her, seit ich in den Spiegel geschaut habe, der Bart wuchert wild. Und überhaupt, was ist mit diesem Menschen, kann es sein, dass er besonders rasch altert? Es kommt mir so vor, als wäre der Höcker auf der Adlernase größer geworden, und die normalerweise klaren grünen Augen (zumindest behauptet Petra das) wirken verschleiert. Im Dunkeln phosphoreszieren sie wie Tieraugen!

Ich spute mich über die Hintertreppe zur Hintertür hinaus – der Fluchtweg für einen Arzt, wenn er unbehelligt das Haus verlassen will. Trotzdem bleibe ich nicht ungesehen, die robuste Frau mit Speicheldrüsenkrebs war zur Bestrahlung da und hat ebenfalls diesen wenig benutzten Ausgang gewählt.

Ich bewundere meine Leute. Sie sitzen da geduldig in dem kargen, fensterlosen Wartezimmer. Stundenlanges Warten auf die Bestrahlung, Tag für Tag, wenn sie Pech haben. Und manche müssen nach jedem Besuch noch mal so lange warten, wenn sie vom Krankentransport abhängig sind. Ältere Menschen, die schlecht zuwege sind und vor Müdigkeit fast zusammenklappen, sich aber nichts anmerken lassen wollen. Selbstmitleid ist hier nicht an der Tagesordnung. Um so seltsamer, wenn man so unmaskiert mit ihm konfrontiert wird wie beim vorletzten Patienten des Tages. Ich mochte den Mann nicht, und das war etwas Neues. Meistens mag ich die Menschen, mit denen ich es zu tun habe.

Immer steht mir einer von ihnen am nächsten. Im Augenblick ist es die Frau mit dem Speicheldrüsenkrebs. Ihr mussten sämtliche Zähne gezogen werden. Ich fühle mit dieser Patientin, die nun obendrein noch zahnlos ist. Aber sie will sich nicht unterkriegen lassen. Sie hat kein Geschmacks- oder Geruchsempfinden mehr. Schön sei das nicht, sagt sie, aber über die Zahnlosigkeit könnten sie und ihr Lebenspartner sich lustig machen. An der Frau ist im Grunde genommen nichts Besonderes, nur dass mir noch nie ein Mensch untergekommen ist, der die Krankheit und die Therapie auf diese Weise hinnimmt. Man kann es noch nicht einmal Gleichmut nennen. Für sie ist alles selbstverständlich. Vielleicht zu selbstverständlich. Sie fragt zu wenig, beinahe so, als ginge es sie nichts an. Eine von denen, die nicht wollen, dass ihretwegen Umstände gemacht werden, nicht einmal, wenn es um Leben und Tod geht.

Sie erschrak, als ich sie im Wartezimmer grüßte. Beim ersten Gespräch war sie regelrecht verlegen, als sie spürte, dass ich mich bemühte, auf sie einzugehen.

DER WEG IST ZU LANG in Anbetracht der Tatsache, dass ich den Arbeitstag so schnell wie möglich hinter mich bringen möchte. Trotzdem beeile ich mich zu Martins und meiner Bank bei einem Gartenhaus am westlichen Rand des Klinikums. Ich bin gern in einem kleinen Refugium wie diesem, in das die Sonne kaum vordringt und in dem sie es höchstens schafft, einen einzelnen Baumwipfel zu umspielen. Oder einen schwarzen Felsen. Wenn ich aus der Ecke eines Hotelzimmerfensters heraus einen Streifen Meer sehen kann, sitze ich dort womöglich eine ganze Stunde, und Petra amüsiert sich darüber, dass ihr ständig aktiver (reizenderweise vermeidet sie das Modewort hyperaktiv) Martin stillsitzen kann.

Die Überreste einer blühenden Magnolie liegen in meiner Parknische – und die Erde schmückt sich mit Ringen aus blassbleichen Blättern. Genau wie an dem Tag, an dem Martin mir etwas mitteilte, was einem Wunder gleichkam – und ich reagierte darauf wie ein Vollidiot und musste so schnell wie möglich zu dieser Bank, um mich von meinem eigenen Schwachsinn zu erholen. Ich steuerte direkt auf einen rauchenden Patienten mit Infusionsstativ zu, und es hätte nicht viel gefehlt, dass er sich meinetwegen das Bein gebrochen oder mir den Kittelärmel in Brand gesetzt hätte.

Und hier sitze ich. Ja, hier sitzt du, Martin Montag, und der Frühling hat gewissermaßen seine endgültige Fasson angenommen, genau wie an jenem Tag auf derselben Bank vor drei Jahren, als du dich wie ein Idiot gegenüber deinem Lieblingspatienten Martin verhalten hast. Ich war einerseits beschämt, gleichzeitig aber auch schon auf den allerersten Blick von Jadwiga hingerissen. Es ist ein Frühling, kurz bevor er dem Sommer weichen muss – wie ein halbfertiges junges Mädchen, das im Begriff ist, zu einer ganzen Frau zu werden.

Immer noch Atemnot, und das Ziehen links im Oberarm verschlimmert sich. Aber ich nehme es gefasst hin. Ich habe nichts gegen dieses unangenehme Gefühl, woher es auch rührt. Ich bin damit einverstanden, genau auf dieser Bank zu sitzen, falls mir etwas passiert, ich bin einverstanden damit, unter freiem Frühlingshimmel zu sein. Ich denke nur darüber nach, ob ich mir die Mühe machen möchte, etwas zu unternehmen, falls sich GS, der Große Schmerz, einstellt.

Es ist schon einige Zeit her, seit ich mit meinem Martin Martinetti gesprochen habe, und sicher wäre es netter für mich oder uns beide, wenn ich von mir hören ließe, bevor mein Herz streikt, sollte es dergleichen beabsichtigen.

Er antwortet sofort, und pure Freude durchrieselt mich, wie immer, wenn ich den lyrischen Tenor meines speziellen Freundes und sein französisches Deutsch höre, das er mit unverfälschtem Französisch würzt. Wir haben noch keine Minute miteinander gesprochen, als es ihm schon gelingt, mich zum Lachen zu bringen. Beim Lachen spüre ich so etwas wie einen Stich in der Herzgegend, und ich betrachte mich weiterhin von außen, als sei ich mein eigener Patient.

Ich überlasse Martin das Reden und denke darüber nach, wie ich ihn darauf vorbereiten soll, dass es möglicherweise ein abrupter Abschied wird, falls mich der GS erwischt, während wir telefonieren.

Die Prüfung hat er hinter sich, alles lief gut. Ab dem Sommer wird er für seine Klempnerarbeiten besser bezahlt werden. Jadwiga bereitet sich mit voller Kraft auf ihre Prüfungen vor, sie braucht nur noch zwei Jahre bis zum Diplom, und wenn sie alles hinter sich hat, wollen die beiden Urlaub in Kolberg machen. Es ist nicht weit entfernt, dieses Paradies an der Ostsee, und dort werden sie im Schoße der Großfamilie sein. Martin spricht schon so gut Polnisch, dass er dafür über den grünen Klee gelobt wird – was für eine Erleichterung, seine Muttersprache hinter sich lassen zu können. Hallo Martin, ist Französisch nicht die schönste Muttersprache der Welt? Möglich, antwortet er, aber es kann einem Menschen hin und wieder richtig guttun, die Muttersprache zu wechseln. (Dem kann ich im Augenblick nicht folgen, so wie das Herz sich aufführt.) Und was für Menschen in Jadwigas Familie, wunderbar, einfach wunderbar, *des gens extraordinaires, tellement spirituelles*, solche Menschen können wir bei uns im Westen einfach nicht hervorbringen. Das sind slawische Seelen, und die sind uns so hoch überlegen, dass du es dir nicht vorstellen kannst. Und die *cuisine*, Mamma mia! Die Fleischeintöpfe und die saure Sahne – und dazu noch all dieses Gebäck, das sogar aus einer Konditorei in Warschau zu Königin Elisabeth in den Buckingham-Palast geflogen wird. In dieser Konditorei hat eine Tante von Jadwiga mal gearbeitet, und jetzt ist sie in Rente gegangen und zaubert in einem Kurort an der Ostsee alles Mögliche für ihre Familie. Eine Geburtstagstorte wie die zum zweiten Geburtstag der kleinen Jadwiga hat er nie zuvor gesehen oder probiert, obwohl Franzosen in Sachen Backkünste hinter keiner Nation zurückstehen. Ich erwähne *Babette*, und Martin antwortet, na schön, ja, Babette und ihr Fest, aber Tante Krystyna ist eine begnadete Konditorin. Im Unterschied zu Babette backt Krystyna für Gourmets mit derartig hohen Ansprüchen, dass es sieben Generationen braucht, um solche Geschmackspapillen zu entwickeln, wie es sie in Jadwigas Familie gibt. Babettes künstlerische Ambitionen seien auf Vollidioten mit ebenso idiotischen Geschmackspapillen verschwendet worden – aber natürlich war auch das schön, der Film war schön. Ich amüsiere mich über diese Wiederholungen von meinem Martin – sie erinnern ein wenig an die von Politikern –, ich überlege aber gleichzeitig, aus was für einer Familie er eigentlich stammt, dieser mein geheimnisvoller Freund, der so beredt über alles zwischen Himmel und Erde reden kann, aber nicht über die eigene Person und nicht über die Zeit, bevor er Clochard wurde. Irgendwann habe ich ihn einmal damit zu necken versucht, dass er zum Clochard geboren worden sei, und da sah er mich an, als hätte er eine Eingebung, und sagte: Du hast den Nagel auf den Kopf getroffen, ich bin ein geborener Clochard! Du sprichst mit einem geborenen Clochard!

Er möchte mich unbedingt treffen, und ich schlage

gleich morgen bei mir zu Hause vor. Dann ist Freitag, Petra hat Schicht, ich mache mich so früh wie möglich von der Arbeit frei, und wir zwei können miteinander reden, sage ich. Martin lacht und sagt verständnisvoll, er habe keineswegs vorgehabt, seine kleine Jadwiga zu so einem berüchtigten Kinderschreck mitzunehmen wie mir, und ich entgegne, dass ich kein Kinderschreck in dem Sinne bin. Sobald jedoch Kinder in meine Nähe kämen, richteten sie leider ihre Aufmerksamkeit auf mich. Ich erinnere ihn an ein diesbezügliches medizinisches Gutachten, schriftlich dokumentiert: Martin Montag, Arzt, Diagnose: Pädophobie. Martin lacht wieder, wir lachen zusammen. Das Herzstechen verschlimmert sich.

Martin fragt, ob ich müde bin, und ich sage ja, denn ich bin es tatsächlich. Es sei mir anzuhören, sagt er und schärft mir ein, mir nicht zu viel zuzumuten, mein Arbeitstag sei viel zu lang. Und ich müsse mir abgewöhnen, auch samstags ins Krankenhaus zu gehen. Ich entgegne, dass es sich dabei nur um eine kurze Stippvisite handelt, aber seiner Ansicht nach ist es ungesund, so zu arbeiten. Natürlich weiß ich selber, dass es ungesund ist, und ich weiß auch, dass ich bis zum bitteren Ende nichts an meinem ungesunden Arbeitsrhythmus ändern werde, deswegen widerspreche ich nicht.

Man ist sowieso niemals imstande, seinen Freunden in irgendeiner Form gute Ratschläge zu geben, sagt Martin, es sei denn, man würde ihnen selber mit gutem Beispiel vorangehen. So ganz nebenbei beim Grillen kann man den ein oder anderen Satz einfließen lassen, mehr nicht. Darauf kann ich nur erwidern, dass ich leider keine Grillpartys veranstalte, deswegen sei dieser Weg mir versperrt,

Einfluss auf meine Freunde auszuüben. Martin sagt, ich könne mich wegen meines Nachnamens glücklich preisen, er passe gut zu mir. Nur ein Montag würde so reden wie ich. Ich weiß es, ich könnte auch Martin Blaumontag heißen, ein blauer Montag ist so ungefähr das Erste, was den Leuten einfällt, wenn sie mit einem Montagsmann sprechen. Außerdem haben die Schicksalsmächte den Schritt zu Ende gedacht und dafür gesorgt, dass ich an einem Montag zur Welt gekommen bin.

In deinem so buchstabengetreuen Deutschland tragen die Menschen ihre Namen zu Recht, sagt Martin Martinetti.

Und in deinem abstrakten Heimatland tragen die Menschen einen Namen wie Martinetti einfach nur so?

Den Namen habe ich mir selber gewählt. Und er ist glücklicherweise nicht französisch.

Du hast ihn dir selber gewählt? Ist Martinetti nicht dein Familienname?

Nein.

Und woher kommt er dann?

Von einer Tante in Antibes, sie hat einen Schweizer dieses Namens geheiratet.

Und was war dein ursprünglicher Nachname?

Das weiß ich nicht mehr.

Darf ich fragen, warum du deinen Namen geändert hast?

Nein, das darfst du nicht.

Ich weiß buchstäblich nichts über dich und dein Leben, bevor du Clochard geworden bist.

Remis. Ich weiß nichts über dich und die Zeit, bevor du angefangen hast, Medizin zu studieren.

Hör zu, *mon cher* (ja, wir sagen *mon cher* zueinander), ich möchte mich jetzt nicht mit Problemen aus der Vergangenheit herumschlagen.

Einverstanden. Es gilt, den Blick nach vorn zu richten, das steht ganz oben auf der Agenda und erst recht, wenn man zu Fuß von Paris nach Berlin geht.

Dass du dir so was Verrücktes einfallen lassen konntest. Gar nicht zu reden davon, dass du es auch durchgezogen hast.

Da hast du recht. Aber wenn ich meine jetzige Situation betrachte, bin ich dabei gar nicht so schlecht weggekommen.

Glücklicherweise, *mon cher.* Ich freu mich darauf, dich morgen zu sehen.

Wir verabschieden uns, und als ich mir ganz sicher bin, dass die Verbindung getrennt ist, füge ich laut hinzu: Falls ich dann nicht schlichtweg tot bin.

WENN ICH DANN nicht schlichtweg tot bin, ja.

Ein Satz, der Martin nie über die Lippen gekommen ist. Er hat sich immer so verhalten, als berühre ihn der Tod nicht, auch während der drei Tage auf der Intensivstation, als ich fürchtete, er würde es nicht schaffen. Damals hatte ich schlaflose Nächte wegen eines Patienten – etwas, was ich eigentlich nicht zulasse – denn dann sollte man den Beruf besser an den Nagel hängen.

Nur im allerersten Gespräch klang an, dass Martin sich bewusst war, ein Sterblicher zu sein, und dass es von Belang für ihn war, falls es dazu käme.

DER PATIENT WAR so heruntergekommen, dass er aussah wie fünfzig. Ein Mann von einunddreißig Jahren, genau wie ich. Sogar im gleichen Monat geboren, April. (In einem Gedicht wird er der grimmigste aller Monate genannt.) Zwar schmuddelig, aber keinen unangenehmen Geruch verströmend. Trauerränder unter den Nägeln. Die Klamotten an der unteren Reinlichkeitsgrenze. Aber hinter dem Clochard schimmerte der elegante Franzose voller Esprit und Witz durch.

Ich änderte blitzschnell den Plan, als ich merkte, dass ich da einen schillernden Starpatienten vor mir hatte und noch dazu einen französischen. Ich gebe zu, dass ich ein Faible für alles Französische habe. Wieso also nicht auch für einen französischen Clochard-Patienten?

Es müssen diverse Maßnahmen gebündelt werden, damit Sie durchkommen, faselte ich, um Zeit zu gewinnen, während ich eine neue Strategie für diesen Fall ausklügelte.

Wer sagt, dass ich durchkommen will?

Auf so etwas lasse ich mich gar nicht erst ein. Es geht darum, dass wir beide mit aller Kraft daran arbeiten müssen, diesen Tumor zu liquidieren. Falls Sie da unschlüssig sind, kann ich nichts für Sie tun.

Der Patient sah mich verwundert an und sagte: Der Nibelungenheld, wie er leibt und lebt.

Wer leibt und lebt?

Siegfried. Der Tumortöter.

Ich lachte und sagte, dass wir uns später Zeit dafür nehmen könnten, Witze zu reißen. Was er tun wolle?

Einstweilen das, was Sie mir sagen.

Ist es Ihnen ernst damit?

So ernst wie nur möglich, dafür sorge ich. Für einen

geistigen Salto mortale dieser Art muss man bloß etwas trainieren.

Geistiger Salto mortale! Saß mir da auf der anderen Seite des Schreibtischs ein wandelnder Poet gegenüber, oder tischte er mir irgendwelche Zitate auf? Bei Shakespeare kam das nicht vor. Möglicherweise aber bei Dante.

Die Therapie beginnt auf der Entzugsstation, vier bis fünf Tage. Sie bekommen Medikamente gegen die Entzugserscheinungen. Und Sie müssen mit dem Rauchen aufhören. (In der Krankenakte steht: Raucht vier Schachteln pro Tag, wenn er das Geld dafür hat. Vier Schachteln, achtzig Zigaretten, wie zum Teufel ist das machbar? Der Tag hat doch nur vierundzwanzig Stunden! Raucht dieser Mensch im Schlaf?)

Wir werden Ihnen eine Unterkunft für die Zeit nach der Entlassung besorgen, und Sie müssen so schnell wie möglich hier ins System reinkommen. Ein Sozialberater von der Psychiatrie wird Ihnen dabei helfen, und ich würde Sie auch gerne mit kirchlichen Wohltätigkeitsorganisationen in Verbindung bringen. Darf ich das?

Ich bin nicht gläubig.

Ersparen Sie sich die Witze. Werden Sie diese Hilfe akzeptieren oder nicht?

Ja, danke. Was für Chancen habe ich zu überleben?

Wenn Sie sich in einem Ihrem Alter entsprechenden Normalzustand befänden, könnte ich diese Frage besser beantworten. Aber Sie sind ein Kettenraucher, und auch die Leber ist angeschlagen.

Ein Arzt, oder zumindest ich, versucht immer, dem Patienten gegenüber einen vorwurfsvollen Ton zu vermeiden. Ich werde wütend, wenn mir zu Ohren kommt, dass meine Kollegen sich dergleichen erlauben. Einmal bin ich sogar so weit gegangen, einen von diesen unseriösen Laffen gründlich herunterzuputzen, der einem distinguierten älteren Patienten erklärte: Dieses Medikament würden Sie besser vertragen können, wenn Sie nicht so viel getrunken hätten!

Ich drücke mich wie gesagt allgemein aus und unterlasse direkte Ermahnungen im Hinblick auf das Rauchen, selbst wenn ein Patient wie dieser de facto über lange Jahre hinweg Zigarettenselbstmord begangen hat. Verdammt noch mal, auch Rohköstler, Abstinenzler und andere Asketen bekommen Krebs. Vielleicht ist Askese auch irgendeine Art von Selbstmord. Selbstverständlich ist es auch möglich, sich mit Langeweile umzubringen.

Und der Patient hob seine Hand wie ein gewiefter Rhetoriker: Wenn die Leber böse ist, muss sie bestraft werden.

Originell.

Ein Spruch, der in einem irischen Pub in Paris an der Wand hing. Also: Was für Chancen hat ein einunddreißigjähriger Mann im Normalzustand?

Ziemlich gute.

Siebzig Prozent? Mehr? Weniger?

Solche Zahlenspiele sind unsinnig. Entweder hat ein Patient die hundertprozentige Chance zu leben oder die hundertprozentige Gewissheit zu sterben.

Der Patient lachte und bekam einen bösen Hustenanfall. Ich durfte auf keinen Fall vergessen, ihm ein schleimlösendes Mittel zu verschreiben.

Und wir werden unser Bestes tun, um die Chance bei hundert Prozent zu halten, sagte ich.

Also wenn ich überleben soll, röchelte er, muss erst mal dafür gesorgt werden, dass ich besser beieinander bin.

Ich gebe Ihnen drei Wochen dazu.

Aha. Ich habe neun Wochen gebraucht, um zu Fuß von Paris nach Berlin zu gehen. Ich stelle mir so eine gestaffelte Regenerierung wie ein Drittel dieses Weges vor. Wenn sie vorbei ist, bin ich in Belgien.

Ein starker Zug, sagte ich, nur um etwas zu sagen.

Wie schlimm ist diese Therapie?

Die Behandlung von Hodenkrebs ist immer schwierig, und eine Operation muss sein. Auch die psychische Seite ist problematisch. Sie werden zeugungsunfähig.

So für sich genommen, ist das eigentlich nur positiv. Auch als sogenannter Normalbürger hätte ich niemals ein Kind zeugen wollen.

Er sah, dass ich zusammenzuckte. Dass ich sprachlos war. Seinem intensiven Blick konnte ich nicht standhalten, ich stand auf und öffnete das Fenster einen Spalt.

Noch bevor ich mich wieder gesetzt hatte, fragte er: Werde ich auch impotent?

Hoffen wir einfach das Beste.

Da haben Sie recht, es hat keinen Sinn, sich Sorgen zu machen. Möglicherweise ist man tot, bevor man es herausfinden kann.

Ich werde alles daransetzen, dass Sie es schaffen. (Ein schroffer Unterton beim Arzt war nicht zu leugnen.)

Der Patient lachte seinen rasselnden Bronchialhusten. Zu meiner Erleichterung spürte ich, dass er mich anscheinend ganz gern mochte.

Und wie soll ich für diese Therapie auf Vordermann gebracht werden?

Wir beginnen auf der Entzugsstation. Ich sorge dafür, dass Sie noch in dieser Woche aufgenommen werden. Viel Bewegung ist wichtig, mindestens eine Stunde pro Tag. Was immer Ihnen zusagt, Spaziergänge, Gymnastik, Fahrradfahren – und dazu müssen Sie sich vor allem auch während der Therapie zwingen, wenn es Ihnen irgendwie möglich ist.

Ich laufe praktisch jeden Tag viel mehr als eine Stunde. Das Leben eines Herumtreibers lässt nicht zu, dass er auf der faulen Haut liegt. Unsereins ist immer unterwegs, um sich Essen und Unterkunft zu beschaffen, um zu überleben, genau wie die Tiere in Wald und Flur.

Darüber habe ich noch nie nachgedacht, entgegnete ich.

Was meine Knochen und Muskeln betrifft, bin ich sowas von in Form, dass ich jederzeit das Matterhorn besteigen könnte. Nur würden mir da die Lungen einen Strich durch die Rechnung machen. Zu ebener Erde bin ich ziemlich fit, und die neun Wochen von Paris nach Berlin habe ich sozusagen mühelos geschafft. Aber ich hatte auch gute Schuhe, richtige Wanderschuhe. Wenn man etwas macht, dann richtig. Es ist aussichtslos, so eine Wegstrecke in schlechten Schuhen latschen zu wollen, dabei geht die Kondition flöten. Und die Zehennägel wachsen ins Fleisch. Das will ja niemand.

Sie müssen mir bei Gelegenheit unbedingt mehr davon erzählen. Ich hoffe, Sie können mir den Gefallen tun und morgen Abend so gegen halb sieben bei mir zu Hause vorbeischauen. Ich würde mich gern eingehender mit Ihnen unterhalten, hier im Krankenhaus hat man ja keine Ruhe dazu.

Für den neuen Patienten war es anscheinend vollkommen selbstverständlich, dass der Arzt ihn zu sich nach Hause einlud. Trotzdem gab es ein Hindernis.

Leider kann ich nicht kommen, sagte er, denn um diese Tageszeit bin ich viel zu betrunken.

Und was ist mit Ihrem Entzug?

Der beginnt erst, wenn er beginnt. Menschen wie ich nehmen sich immer nur einen Tag auf einmal vor und machen einen Schritt nach dem anderen. Sonst würden sie es nicht schaffen, auch nur eine Woche zu überleben.

Okay. Wo kann ich Sie um halb sechs abholen?

ICH HOLTE MARTIN wie vereinbart ab und fuhr mit ihm nach Hause. Er war so betrunken, dass ich ihm sicherheitshalber unter den Arm griff (ein Beinbruch hätte die Therapie wesentlich verkompliziert), aber er war klar im Kopf und ganz sicher, dass er sich morgen noch an alles erinnern würde, was wir heute Abend beredeten.

Ich hatte sogar erwogen, ihm einen kleinen Snack anzubieten, aber als es an der Zeit war, etwas auf den Tisch zu bringen, hatte ich die Lust verloren, ihn noch länger um mich zu haben. Ich kann Betrunkene nicht ausstehen, selbst wenn sie kein dummes Zeug lallen. Das tat dieser Martin zumindest nicht. Es ist schon schlimm genug, mit ansehen zu müssen, wie Leute in dieser Verfassung sich in Zeitlupe bewegen, wie ihnen die Ellbogen von der Tischkante rutschen und wie sie die Zigarettenasche auf dem Boden verstreuen. Und diese gebrabbelten Wiederholungen, mein Gott! Das ist nichts für einen Menschen wie mich, der sich ohnehin schon zwingen muss, seine eigene Ungeduld zu bezähmen wie der Dompteur seine Bestien. Ich pries mich glücklich, dass mein Leben von Trinkern verschont geblieben war. Ich habe nicht die geringste Lust, meine teuer erkaufte und mir selbst aufoktroyierte Geduld auf Säufer zu verschwenden.

Ich holte schnurstracks die grüne Reisetasche, öffnete sie und sagte, ich hätte alles eingepackt, was man für eine kurze Reise bräuchte, und außerdem zwei Sachbücher mit allen möglichen nützlichen Informationen für Krebskranke, unter anderem über Ernährung, Entspannung und Bewegung.

Martin war baff, als er sich den Inhalt ansah: Rasierapparat, Zahnbürste, Hemd, Morgenmantel …

Und nachher bringe ich Sie in ein Hotel, das ganz in der Nähe des Krankenhauses liegt. Da können Sie sich für morgen zurechtmachen, damit Sie wie ein anständiger Mensch auf der Station erscheinen. Sie müssen um neun Uhr dort sein.

Ausgeschlossen, nicht vor zehn. Um neun bin ich noch nicht wieder unter den Lebenden.

Okay, in Ordnung, aber keine Sekunde später als zehn. Und ich werde morgen bei Ihnen vorbeischauen, bevor ich abends nach Hause fahre.

Martin starrte immer noch auf den Inhalt der Tasche, nahm den zusammengefalteten Bademantel heraus, hielt ihn in der Hand, beugte sich nach vorn und weinte ein paar Tränen auf die schwarze Unterhose, die unbenutzt bei mir im Schrank herumgelegen hatte.

Die ganze menschliche Güte dieser Welt befindet sich in dieser Tasche, sagte Martin, und deutete auf die Unterhose.

Ich hätte nicht gedacht, dass Sie unter Einfluss von Alkohol sentimental werden würden.

Ich auch nicht, sagte Martin und schnäuzte sich. Warum tust du das?

Er duzte mich.

Ich habe da einen sportlichen Ehrgeiz entwickelt. Ich will diesen Kampf gewinnen, antwortete ich.

Du willst dich also unbedingt mit dem Tod duellieren, ich bin nur Nebensache.

Das stimmt nicht ganz. Ich will nur einen Feind in Form eines Tumors liquidieren. Und dieser Feind befindet sich in deinem Körper.

Am besten bringst du mich gleich ins Hotel. So kurz vor dem großen Showdown vertrage ich keine avantgardistischen Hippokratiker.

Als wir im Auto saßen, vertraute er mir an, dass er sich in jemanden verliebt hatte, der im Zoo arbeitete. Kontrolleur im Zoo. Nach dem Entzug müsse er als Erstes dieser Person im Klartext sagen, wie es um ihn stand.

Jemand aus dem Zoo! Mir fielen alle Läuse tot vom Kopf.

Gewiss hatte er mir mit unvergesslichem Nachdruck gesagt, dass er keine Nachkommen in die Welt setzen wollte, obwohl er einer bürgerlichen Gesellschaft entstammte. Das ließ eigentlich nur einen Schluss zu – doch der Mann wirkte alles andere als schwul auf mich. Nun ja, einige tragen ihr Schwulsein zur Schau, andere überhaupt nicht.

Allerdings war es ein schlimmes Versehen, und wie konnte es überhaupt geschehen, dass dem System die sexuellen Präferenzen eines Menschen entgingen. Einem

Aids-Test hatte er sich nicht unterzogen. Sollte sich herausstellen, dass er tatsächlich infiziert war, wäre der Ausgang meines Kampfs mit dem Sensenmann wesentlich ungewisser.

ICH HOLTE PETRA AB, nachdem ich Martin im Hotel abgeliefert hatte. Sie roch sofort den Zigarettengeruch im Auto, deswegen musste ich gleich mit der Geschichte des Mannes herausrücken, der kurz zuvor ausgestiegen war.

Petra, diese taffe Frau, war einen Moment sprachlos und erklärte dann:

Es gibt anscheinend einiges, was ich über dich nicht weiß.

So soll es sein, und so wird es immer bleiben.

Ich hätte nicht gedacht, dass du in deinem Wohltätigkeitsbestreben dermaßen übers Ziel hinausschießen würdest. Was du da machst, klingt alles andere als professionell.

Kreativität und Professionalität können und sollen sich die Waage halten. Aus professionellen Gründen muss man bis an seine Grenzen gehen, um einen Patienten am Leben zu halten.

Wenn du diese Regel auf alle deine Patienten übertragen würdest, müsstest du Hausbesuche bei ihnen machen und makrobiotisch für sie kochen.

Ich weiß, Petra, es ist nicht einfach, Grenzen zu ziehen. Aber ein Arzt, der sich einbildet, dass für einen bayerischen Pensionär genau dasselbe gilt wie für einen jungen französischen Clochard, ist ein Narr.

Trotzdem scheint da irgendetwas ganz Besonderes zwischen dir und diesem Martin oder wie immer er heißt, zu laufen. Und so ganz jung ist er ja gar nicht mehr. Für einen anderen französischen Clochard, der dir in die Hände gefallen wäre, hättest du diesen Aufwand bestimmt nicht betrieben.

Du vergisst, dass ich ein snobistisches Faible für alles Französische habe.

Nein, das vergesse ich nie.

Im Hinblick auf ganz strenge Spielregeln hast du womöglich recht, doch was ich mache, muss nicht falsch sein. In diesem Beruf hört man auf seine innere Stimme, sonst ist sowieso alles sinnlos.

Ich hoffe nur, dass da nicht wieder eine neue Effie im Verzug ist.

Ich weiß, Petra, und ich werde daran denken.

So etwas wie mit Effie darf nicht wieder passieren. Ich dachte damals, ich würde dich verlieren.

Ich passe auf, ich passe auf mich auf. Der Fall von diesem Martin erfordert aber ein besonderes Vorgehen.

Wenn ich es nicht besser wüsste, würde ich denken, du seist in ihn verliebt.

Das wäre dann eine hoffnungslose Liebe, denn er ist in einen Kontrolleur verliebt. Im Zoo. Er spricht allerdings nur gebrochen Deutsch, vielleicht meint er etwas anderes als einen Kontrolleur, und womöglich handelt es sich auch nicht um einen Mann. Aber auf jeden Fall arbeitet diese Person im Zoo, so viel steht fest.

Kannst du ihn dann nicht einfach an diesen Kontrolleur abschieben? Falls es sich um einen solchen handelt. Ich meine, was die psychische Betreuung betrifft.

Es geht mir nicht um psychische Betreuung, ich kümmere mich nur um das, was man ganz konkret in solchen Fällen für die Betroffen tun kann. Lauter praktische Dinge, wie beispielsweise eine Zahnbürste beschaffen, wenn eine fehlt. Oder einen Morgenmantel, falls einer fehlt.

Wenn's drauf ankommt, kannst du manchmal ganz schön ungehobelt sein.

Bringt ein ungehobelter Arzt seinen Patienten ins Hotel und bezahlt die Übernachtung?

Vielleicht bist du kein ungehobelter Arzt, sondern ein ungehobelter Mann.

Okay, Petra, dann polier mich bitte, sagte ich und wandte ihr mein Gesicht zu. Ich hatte gerade vor unserem Haus gehalten.

Und Petra meinte zu verstehen und begann gleich hier im Auto.

ES WAR BEREITS HALB SIEBEN, als ich auf der Entzugsstation vorbeischauen konnte. Der Patient hatte sich an seinem ersten Tag ruhig verhalten, er schluckte seine Medikamente, aß mit einigem Appetit und hatte tagsüber mehr oder weniger geschlafen.

Als ich in sein Zimmer kam, stellte Martin gerade das Tablett mit dem Essen ab. Es kam mir vor wie eine Szene aus einem Film: Ein junger Mann in meinem Pyjama im Bühnenbild eines Krankenzimmers.

Du hast dich verjüngt, sagte ich.

Das ist diesen wunderbaren Betten zu verdanken, im Hotel und auch hier im Krankenhaus. Das Schlimmste an der Herumtreiberei ist, dass man nie in einem anständigen Bett schläft. Wenn man in einer angenehmen Scheune übernachten kann, kommt es zu etwas wie einem Mittsommernachtstraum. Gar nicht zu reden davon, wenn ein deutsches Bauernmädel zu einem ins Heu kriecht, um einen zu wärmen, auch wenn es gar nicht nötig gewesen wäre. Es war schon ohne sie viel zu warm. Und da war ich schon nicht mehr sehr weit weg von Berlin, mein Lieber. Zu Fuß von Paris. Das soll mir erst mal jemand nachmachen.

Jetzt befand sich mein lieber Schwuler auf einmal in einer Scheune mit einem deutschen Bauernmädel. So betrachtet konnte er natürlich bisexuell sein. Ich sah mich schon fast gezwungen, ihn direkt danach zu fragen. Was für eine Lachnummer! Eine plumpe Attacke auf seine Privatsphäre. Vorsichtshalber fragte ich einfach:

Vielleicht sollte ich mir deine Dosierungen ansehen?

Um Himmels willen, nein. Mir kommt es so vor, als würde ich mich vor der Zeit in einen Engel verwandeln. Die Dosierung reicht, um einen schweben zu lassen. Sieh mal.

Martin schwang sich aus dem Bett, na ja, schwingen ist vielleicht nicht das richtige Wort. Dann drehte er eine Runde in seinem geräumigen Zweibettzimmer. Es sah tatsächlich so aus, als würde er über den Boden schweben.

Sieh dir ruhig an, was für Sachen die in mich reinpumpen, sagte Martin, und nimm dir was davon mit nach Hause. Das Zeug haut rein! Wer braucht Schnaps, wenn er auf so was gesetzt wird.

Genieß es, solange du kannst. Auf unserer Station bekommst du nicht ein einziges Gramm davon.

Ich hatte mir schon gedacht, dass der barmherzige Samariter nur dann Barmherzigkeit an den Tag legen würde, wenn es ihm in den Kram passt.

Du schätzt den Barmherzigen sehr richtig ein. Wie fühlst du dich?

Gut.

Keine Entzugserscheinungen?

Viel Schwitzen und Durchfall. Sonst nichts. Verrückt, dass man sich mit Alkohol zudröhnt, wo es doch Pillen gibt, die einen schweben lassen. Wie gesagt: *Why drink and drive when you can smoke and fly.*

Ich hoffe sehr, dass der weitere Entzug ebenso schmerzlos vonstatten geht.

Keine Frage. Solange ich auf dieser Station bin, möchte ich einfach so viel wie möglich schlafen, um zu vergessen, dass ich mich nicht besaufen darf. Und ein bisschen fernsehen. Ich kann nicht bestreiten, dass ich auf der Trebe außer einem Bett auch manchmal einen Fernseher vermisst habe. Ich mag Dokumentarfilme über Tiere.

Was du nicht sagst. Ich auch.

Wir sollten vielleicht mal zusammen in den Zoo gehen, wenn es mir bessergeht, sagte Martin. Dann kannst du auch Jadwiga kennenlernen.

In welchem Käfig?

Hallo, mein Lieber, ich habe dir von ihr erzählt, Jadwiga arbeitet als Kontrolleurin im Zoo. Sie lässt mich manchmal umsonst rein. Stell dir diesen Luxus vor, in den tollsten Zoo der Welt.

Du bist eindeutig noch nicht im Wiener Zoo gewesen.

Den bewundere ich aus der Ferne. Ich wäre längst dort gewesen, hätte ich Zeit gehabt. Aber bring mich bitte nicht vom Thema ab. Hier gibt es die meisten Tierarten, der Berliner Zoo ist der größte auf der Welt, und er befindet sich mitten in der Stadt.

Und das war das Beste daran, in Berlin aufzuwachsen. Der Zoo.

Das verstehe ich gut. Für mich bedeutete dieser Ort eine unerhörte Erweiterung meiner Lebensqualität, vor allem im Winter. Ich wäre bereit gewesen, mich von Paris loszureißen und nach Berlin zu kommen, nur des Zoos wegen, wenn ich gewusst hätte, wie wunderbar er ist. Bei den Affen ist es warm, und ich verhalte mich vorbildlich, ich lass mir nur was durch die Kehle gluckern, wenn keine menschlichen Wesen mich beobachten können. Ich proste heimlich den Echsen zu.

Langsam wurde mir klar, dass Martins Kontrolleur nicht dem männlichen Geschlecht angehörte, und ich wischte mir im Stillen den Schweiß von der Stirn, weil mein Patient dann wohl kaum ein Aids-Kandidat war, und noch viel wichtiger: Dem Arzt blieb das peinliche Frage-und-Antwort-Spiel erspart, ob der Patient schwul oder bi war. Ich lachte wie blöd vor Erleichterung, worauf der Patient etwas argwöhnisch reagierte. Er war sich offensichtlich nicht sicher, was ich so komisch gefunden hatte.

Ich hatte keine Ahnung, dass Kontrolleure in Berlin so leicht schwach werden, sagte ich und versuchte, den nächsten Lachanfall mit unnötigem Husten und Räuspern zu kaschieren.

Sie ist natürlich eine Polin und vielleicht sogar in mich verliebt. Ja, das muss sie wohl sein, wenn sie mich in den Zoo reinschmuggelt und mir an kalten Tagen Tee aus ihrer Thermoskanne anbietet?

Es sei denn, sie ist unheilbar gutherzig.

Jadwiga ist eine Klassefrau. Sie spielt Klavier und spricht Französisch. Ihre Nase ist ein kleines bisschen schief, das betont aber nur den unvergleichlichen Einklang in ihrem Gesicht. Sie sieht aus wie eine Hauptdarstellerin bei Wajda. Wie heißt die doch noch?

Meinst du Krystyna Janda? Die ist unglaublich schön.

Ja, genau die. Die beiden könnten Zwillingsschwestern sein. Eineiige.

Und diese Polin könnte eine Schlüsselrolle bei deiner Rettung spielen.

Verschon mich bitte mit so praktischem Gewäsch. Wir sprechen über ein höheres Wesen, dessen Wege sich mit meinen gekreuzt haben.

Und kann dieses höhere Wesen etwas Wichtigeres vorhaben, als dich zu retten?

Sie geht nach der Arbeit aufs Abendgymnasium.

Und du bist sicher, dass sie keinen Liebhaber hat?

Als ich sie das letzte Mal traf, war sie ungebunden. Sicherheitshalber habe ich sie danach gefragt.

Ein guter Anfang.

Ich habe wirklich eine Schwäche für sie. Ja, und vermutlich eine ziemlich ernste, denn ich habe bereits ein paar Brocken Polnisch gelernt. Aber eine zusätzliche Rettung, nein danke, nicht solange du in Fahrt bist. Ich bezweifle, dass ein einziger Patient beides ertragen könnte.

Diese Frau könnte sehr wichtig für dich und deine Genesung sein.

Martin musste laut lachen: Was bist du für ein monomaner Mensch.

Inwiefern?

Du siehst die ganze Welt nur unter dem Aspekt der medizinischen Heilung.

Das solltest vor allem auch du tun.

Ich weiß nicht, ob ich selber eine so wichtige Rolle spielen möchte.

Tu doch bitte nicht so. Ein ganzes Klinikum ist bereit, in jeder Hinsicht für dich da zu sein, irgendein Arzt in Treptow hat das System so umgangen, dass du auch ohne Krankenversicherung bei uns eingeliefert wurdest, und ich selber bürge für dich, bis du hier ins Gesundheitssystem integriert bist.

Martin warf mir einen kalten Blick zu: Ich wäre dir dankbar, wenn du sämtliche Auslagen auflisten würdest, inklusive Zahnbürste und Unterhose.

Du kannst nur zahlen, wenn du am Leben bleibst, denk daran.

Sei dir da mal nicht so sicher. Ich habe eine Tante in Antibes, die ganz schön betucht ist. Sie hat sich nie von mir abgewendet.

War das ein Versehen von ihr?

Sie kennt ihre Familie.

Deine Eltern?

Einen Augenblick lang dachte ich, mein Patient würde zuschlagen, ich sah es genau, er hatte die Hand erhoben. Doch er griff mit der anderen nach der, die zuschlagen wollte, und sagte vollkommen gefasst: Wenn dir wirklich an mir und meiner Heilung gelegen ist, dann streichst du dieses Paar bitte ein für alle Mal aus dem Programm.

Die letzte Wolke am Himmel hat sich verflüchtigt, der Schmerz in der Herzgegend aber nicht. Mir steht immer noch der Schweiß auf der Stirn. Wie schön ist diese Welt, aus meinem spätromantischen Winkel mit Magnolienbeet heraus betrachtet. Mich erwartet noch viel Schöneres, fünf Stockwerke hohe, rötliche Kastanienblüten, falls ich nicht vorher dahingerafft werde. Irgendwann wird diese Welt mit allem, was in ihr ist, ohne mich zurechtkommen müssen, vielleicht schon heute oder morgen, und sämtliche Patienten mit all ihren bösartigen Tumoren werden ohne Siegfried den Tumortöter entweder überleben oder sterben. Auch der Pensionär mit dem Jojo-Tumor, der sich selbst bemitleidet. Keine Frage, diesem Mann bin ich schon früher begegnet. Aber was in seiner Art ist mir so vertraut? Die Stimme? Der Gang?

Es kommt fast nie vor, dass ich Petra von der Arbeit aus anrufe, und ich weiß, sie wird sich wundern. Ich werde es aber trotzdem tun, für den Fall, dass mich tatsächlich ein plötzlicher Tod ereilen sollte. Nur um ihre Stimme noch einmal zu hören, um sie noch einmal lachen zu hören, um wenigstens das geschafft zu haben, bevor das Herz mich reinlegt, falls es das vorhat.

Petra freut sich und schöpft keinerlei Verdacht, obwohl mein Anruf ungewöhnlich ist, aber sie ist sich nicht sicher, ob wir uns bei den Kastanienblüten treffen sollten. Sie hat nämlich den Lieblingsrosé gekühlt und Käsebällchen gebacken (wir begrüßen den Frühling mit Roséwein und erinnern uns an den ersten Abend in der Ankerklause), und auf dem Balkon ist es so schön, die nachtblauen Tulpen öffnen sich gerade, ob wir nicht lieber dort sitzen sollten.

Ich schlage eine Änderung vor, die Gnade findet: Ich rufe sie an, sobald ich von der Arbeit loskomme, und wir treffen uns im Kastanienclub, genehmigen uns dort einen Drink und meditieren über diese nicht zu erklimmende Blütenwand. Anschließend setzen wir uns zu den Nachtblauen auf den Balkon.

O ja, damit ist sie einverstanden. Ich würde gerne noch länger mit meiner Frau reden, aber ich fürchte, dass ich keine Sekunde länger durchhalten und ihr verraten würde, wie ich mich fühle, und so verabschiede ich mich von ihr, so gut ich kann (Liebste Petra, bis später!), für den Fall, dass ich dem nichts mehr hinzufügen kann.

MEINE LIEBE und mein Wunder Petra. Ich erinnere mich tagtäglich daran, womit andere Ehemänner konfrontiert sind: Herrschsucht, Reizbarkeit, Kleinkrämerei. Während ich verwöhntes Luxuswesen ein Leben mit minimaler Einmischung in meine Angelegenheiten und meine Existenz leben darf. Und Petra ist so frei von Reizbarkeit, dass ich es manchmal verdächtig finde.

Je mehr ich über Petra erfahre, desto weniger verstehe ich, was für ein Exemplar Mensch sie ist und wie es ihr gelingt, so etwas wie eine intakte Person zu sein – näher als sie kann meiner Erfahrung nach kein menschliches Wesen an dieses Ziel herankommen. Wie sie es geschafft hat, trotz einer geisteskranken Mutter den Albtraum ihrer Kindheit und Jugend unbeschadet zu überstehen.

Von einem Tag zum anderen, von Minute zu Minute nie zu wissen, was sich die Mutter als Nächstes einfallen ließe. Ob sie froh oder trübsinnig wäre, wenn die Kinder aus der Schule kamen, ob sie lachen oder jammern, ob sie an diesem Tag etwas kochen würde; und wenn sie es tat, ob sie zur Dekoration einen Gummihandschuh zerschnippeln und über das Essen verteilen würde. (Knallgelb ist eine wunderbare Farbe.) Oder Pfeffer in die Trinkgläser streuen. (Pfeffer wirkt so entschlackend.)

Und der jüngere Bruder Tertius mit seinem verrückten Namen, er ist ein ebensolches Rätsel wie Petra. Ein vorbildlicher Mensch; ungekünstelt, unterhaltsam, gut veranlagt. Witzig wie seine Schwester. (Gibt es eine bessere Überlebensstrategie als Humor?) Einziger Makel an Tertius sind die beiden Fratze, die er sich zugelegt hat. Deswegen dränge ich nicht auf irgendwelche Familieneinladungen. Das findet Petra zwar sehr schade, aber sie macht deswegen kein Theater. Ich finde auch immer wieder Wege, um das wettzumachen. Ich sorge dafür, dass wir in regelmäßigen Abständen zu viert abends aus essen gehen, wenn die Kinder schon im Bett sind. Auf diese Weise können Petra und ich ihre Angehörigen treffen, ohne nervende Störungen.

Petra erträgt meine Schrullen und Marotten, wahrscheinlich weil ich im Großen und Ganzen unkompliziert bin, was für sie ein Geschenk des Himmels ist. Sie ist für jeden Tag dankbar, den sie der Familiengruft mit der Mutter und dem jüngeren Bruder entronnen ist. Vor allem dankbar für die Tage und Nächte mit ihrem großen, starken, hochintelligenten und vergleichsweise normalen Martin Montag mit dem wuchernden Bart. Der wie sie

Lieder liebt, auch ein paar Opern (ja, wir mögen beide die gleichen fünf Opern und sonst keine!) und die Beatles. *Love me do,* was war das für ein Hit! Außerdem liebt sie genau wie er Spaziergänge am Strand und auch das Baden im Meer, und Istanbul wurde für sie zur märchenhaftesten Stadt der Welt, nachdem Martin Montag sie ihr präsentiert hatte.

Petras Martin ist zwar ein unerhört beschäftigter Arzt, findet aber doch die Zeit, sich für seine Frau ins Zeug zu legen. Er kocht zweimal in der Woche und sonntags immer. Ein- bis zweimal in der Woche wird abends zum Essen ausgegangen, wenn Petras Schichtdienst es gestattet. Zweimal in der Woche kocht Petra. Martin will nicht, dass es in der Küche ein Ungleichgewicht gibt. Mittwochs werden meist Reste gegessen, oder es gibt ein unseliges Abendbrot.

Zudem hat Martin Montag es so eingerichtet, dass eine Putzfrau kommt (eine Verwandte der türkischen Petra, er traut nicht jedem über den Weg), denn seine Petra soll keine Badewannen scheuern oder Fußböden schrubben. Und er selber hat ebenfalls nicht vor, das zu tun, obwohl er es könnte, da von einer Mutter erzogen, die ihm die gleichen häuslichen Pflichten abverlangte wie seiner Schwester. Ungewöhnlich und gelinde gesagt zukunftsorientiert. Er ist seiner Mutter dankbar dafür, dass er mit dem Haushalt zurechtkommt, er kann kochen, zum Beispiel Kartoffeln und Zwiebeln in ausgelassenem Schmalz braten und mit Rosmarin würzen.

Mindestens einmal in der Woche, meist Freitag- oder Samstagabend, wird etwas unternommen: Konzert, Kino, Theater. Manchmal sind Martin und Jadwiga dabei, manchmal auch Petras Bruder Tertius, allein oder mit seiner Jana. Wir sind alle überaus geistreiche Menschen und haben viel Sinn für Humor, Jadwiga am meisten, und wir amüsieren uns und lachen so viel, dass wir in Restaurants vielleicht nicht immer gern gesehen sind. Und ich liebe Jadwiga enorm, und es tut gar nicht weh, so froh bin ich als liebender Mann, dass es sie überhaupt gibt mit ihrem zauberhaften Mund und ihrem zauberhaften Lachen, und froh, dass ich sie bis in alle Ewigkeiten nicht anzurühren brauche, nicht einmal mit dem kleinen Finger, und sie mich gleichfalls nicht. Gewissensbisse wegen Petra habe ich nicht, denn ich liebe auch sie, und im Geiste nenne ich die beiden Ja und Pe (manchmal werden sie eins, Peja oder Jape), und ich würde nachts über sie dichten, wenn ich dichten könnte, und im Übrigen tue ich das auch, selbst wenn ich es nicht kann, irgendwelche langen und törichten Bandwurmsätze vor dem Einschlafen.

Ich kaufe alle möglichen raffinierten Geschenke für Petra, und ich weiß, dass andere Männer nie dazu imstande wären, so etwas für ihre Frauen auszuwählen. Anfangs hat mir meine Schwester Erna geholfen. Mit der Zeit lernte ich aber, mich von den Verkäuferinnen beraten zu lassen. Ich wähle immer diejenigen aus, die am besten gekleidet und geschminkt sind. Ich kaufe Kleider für meine Petra, Nachthemden, Schmuck und sogar Kosmetika. Ich weiß, welche Lippenstiftfarbe ihr am besten steht. Petra ist stolz auf mich und meine Bemühungen, sie mit Aufmerksamkeiten zu verwöhnen. Sie prahlt Freundinnen und ihrer Schwägerin gegenüber mit ihrem Martin. Er ist einfach einmalig, sagt sie, er findet mit verbundenen Augen genau das richtige Kleid für mich. Und Jadwiga musste eingestehen, dass ihr Martin, der alles kann und alles schafft, dieser Mann mit dem erlesenen Geschmack, aufgewachsen mit französischer Haute Couture, es seinem Namensvetter nicht nachtun konnte. Und mein Freund Martin ist ein so guter Freund, dass er nicht eifersüchtig reagiert, sondern mich stolz anschaut, wenn Petra mit dem neuesten Geschenk von mir angibt – als wäre ich sein Sohn, der aller Wahrscheinlichkeit zum Trotz irgendeine unerhörte Kunst gelernt hat.

Er sieht mich stolz an, mein Freund. Und doch ist er derjenige, der nicht weit davon entfernt ist, mich zu durchschauen. Was bezweckt Martin Montag eigentlich damit, seine Frau so zu verwöhnen? Würde er das auch tun, wenn er nicht ständig kompensieren müsste, dass sie auf einen Menschen hereingefallen ist, der kein ganzer ist, sondern nur ein halber?

SCHLIESSLICH ERHEBE ICH MICH von der Bank und schleppe mich mit gespenstisch schlurfenden Schritten zurück. Der Gang die Treppe hinauf fällt mir so schwer, dass nichts anderes als das Herz in Frage kommt, fast glaube ich, dass ich die Stufen gar nicht schaffen werde. Weshalb habe ich nicht den Aufzug genommen? Macht es wirklich so viel Spaß, sich das Leben schwerzumachen, sogar bei ganz belanglosen Dingen?

Glücklicherweise komme ich unbehelligt von Kollegen, Patienten, Sekretärinnen in mein Sprechzimmer. Jetzt liegen alle Fenster im Schatten, und im Zimmer ist es kühl. Ich werfe den Kittel über den Schreibtischstuhl und ziehe meine Wildlederjacke an. Verschließe die Tür, um sicher zu sein, dass ich nicht gestört werde. Das tue ich auch, wenn ein Patient sich auskleiden muss. Aber was soll das denn, ich bin doch auf dem Weg nach draußen. Was ich mir für den Rest des Tages vorgenommen hatte, kann ich nicht zum Abschluss bringen, ich halte es hier keine Minute länger aus. Mich durchfährt ein Schauder.

Ich will nur noch den Rechner herunterfahren und setze mich achtlos auf meinen weißen Kittel. Dieser Arzt wird morgen zerknautscht herumlaufen, falls er denn überhaupt noch auf den Beinen ist. Falls es überhaupt einen Morgen für diesen Arzt geben wird, der Feierabend machen und nach Hause gehen will, stattdessen aber immer noch vor dem Computer hockt und sich wie am Ende eines Arbeitstages die Tumore des Tages ansieht. Ein letztes Mal abchecken, ob er etwas übersehen hat, ob man die Therapie noch individuell abstimmen könnte. Hier untersucht ein eiskalter Kriminalist die Tumore, als wäre er einem infamen Seelenmörder auf der Spur. Fokussiert seine Röntgenaugen auf das Speiseröhrenkarzinom des vorletzten Patienten des Tages, des tipptopp gekleiden Mannes mit der leisen Stimme, der lamentierte: Warum ausgerechnet ich? Ein kreisrundes Karzinom, feuerrot. Man könnte meinen, er habe ein Jojo verschluckt.

TUMORE SIND meine persönlichen Feinde, und ich tue, was ich kann, damit mein Elan und meine Energie im Kampf gegen sie nicht nachlassen. Bevor ich zur Arbeit gehe, ermanne ich mich jeden Tag wie ein Krieger und jogge. Auf diese Weise verschafft man sich die unverzichtbare Kondition für den Kampf gegen den Feind, sowohl für kurze und scharfe Attacken als auch für eine längere Schlacht. Ohne Ausdauer kein Erfolg.

Ich stehe morgens um halb fünf auf. (Samstags schlafe ich bis halb sieben, sonntags bis halb acht. An Wochenenden laufe ich meist nicht beziehungsweise nur bei optimalen Temperaturen, dann setze ich meinen Sonntagsmarathon aufs Programm.) Einen Nespresso, bevor ich losrenne.

Meine Lieblingsstrecke führt am Landwehrkanal entlang, vorbei an Trauerweiden und einem Restaurantschiff, über die Baerwaldbrücke, vorbei am Alten Zollhaus und dem Brachvogel. Besonders schön, wenn der Kanal zugefroren ist. Dann kann es vorkommen, dass ich die Schlittschuhe unterschnalle und einem schlaftrunkenen Schwan folge, der zu einer Wake fliegt. Wenn ich überhaupt von glücklichen Stunden reden kann, dann sind es diese: ganz allein im Stockfinstern auf dem Eis meine Kreise zu ziehen und außer dem Schwan kein Lebewesen ringsum. Das ist meine Art von Ekstase. Leider trägt das Eis nur selten, doch im vergangenen Winter hatte ich Glück. Morgen für Morgen für Morgen diese wunderbare Stunde, oder besser gesagt, Nacht für Nacht für Nacht.

Um zwanzig vor sechs bin ich wieder zu Hause, dusche im schwachen Schein der Flurlampe und schrubbe mich von Kopf bis Fuß mit meiner Badebürste ab. Ziehe die Sachen an, die ich am Abend zuvor zurechtgelegt habe. Zum Frühstück mache ich mir Müsli, das ich während des Duschens in Joghurt mit Honig einweiche, schneide einen halben Apfel oder eine halbe Banane dazu, manchmal auch eine Kiwi, und trinke eine Tasse Kaffee mit geschäumter Milch. Während ich frühstücke, werfe ich einen Blick in die Zeitung.

Um zehn nach sechs gehe ich wieder ins Schlafzimmer. Ich schalte meine Leselampe ein und betrachte meine geliebte Petra – nie heißer geliebt, als wenn sie schläft. Mein Wunderwesen, das noch tief in seinen Träumen liegt, und ich schlüpfe in ihren Traum. Ganz selten überwinde ich mich und berühre sie leicht an der Schulter oder der Wange. Dabei schließe ich die Augen.

Und dann mache ich mich auf den Weg ins Krankenhaus. Denke an die Tumore des Tages, denke an Petra, die jetzt wohl das Radio einschaltet und den Kaffee trinkt, den ich gekocht habe, duschen geht. Um halb sieben sitze ich hinter meinem Schreibtisch und habe eine halbe oder ganze Stunde ungestörten Vorsprung auf den Tag gewonnen. Das ist das A und O beim Liquidieren von Tumoren.

Ich ziehe den Kittel an, hole mir Wasser, setze mich vor den Rechner und nehme mir die Tumore des Tages vor. Denke mit eiskalter Wut über sie nach. Wut ist normalerweise hitzig, aber meine ist eiskalt und abgefeimt – es geht gegen einen Feind, der Leben an sich reißen will. Leben, für das ich verantwortlich bin. Ich denke mir Methoden aus, wie jeder einzelne Tumor am besten auszumerzen ist – ganz so, als sei es mein eigener. Dabei darf er dem Menschen, meinem Patienten, so wenig wie möglich Schaden zufügen.

In meiner Methodik versuche ich so gut es geht das Karzinom vom Patienten zu trennen. Ich denke an den Menschen, wie er war, bevor sich der Feind in ihm einnistete, und ich denke an den Menschen, zu dem er wieder werden wird, nachdem ich den Feind beseitigt habe.

Es ist wichtig, einem Menschen mit einem bösartigen Tumor die Angst zu nehmen, seine Einstellung zu steuern. Ihn zu korrigieren, wenn er sich mit Bezug auf diesen schmarotzenden Parasiten verspricht, der nichts weniger als nach seinem Leben trachtet. Wenn so jemand beispielsweise fragt, was er selber WEGEN des Tumors tun könne, berichtige ich: Sie meinen doch wohl, was Sie GEGEN ihn tun können.

Tumore sind keine hirnlosen Phänomene, sie wuchern nicht einfach so ins Blaue hinein, sie sind hart und kompromisslos individuell, und sie wenden raffinierte Methoden an, um sich zu behaupten und auf Eingriffe und Therapien richtig zu reagieren. Die Therapie muss für jeden Fall neu konzipiert werden, sie muss maßgeschneidert sein. Die Bestrahlung muss sowohl präzise dosiert als auch gezielt eingesetzt werden, damit nur das kranke Gewebe vernichtet wird und der Schaden für das gesunde Gewebe ringsum begrenzt bleibt. Das nenne ich medizinische Heilung in ihrer besten und schönsten Form. Darin wird die Zukunft liegen – in einer minutiös und ästhetisch fein abgestimmten Bestrahlung, nicht in Giftcocktails und Herumschnippeleien.

Im tiefsten Inneren verachte ich die Chirurgie, abgesehen vielleicht von den allerneuesten technologischen Errungenschaften wie Laser und Mikrochirurgie. In der herkömmlichen Chirurgie arbeitet man mit groben und mittelalterlichen Methoden, allerdings unter Zuhilfenahme moderner Technik. Chirurgie ist im Grunde genommen keine Heilmethode, es wird ja nur kaputtes

Zeugs ausrangiert. Außerdem mag ich Chirurgen meist nicht, es sind die eingebildeten und aggressiven Bartscherer der Neuzeit, die dazu neigen, mehr wegzuschneiden als nötig. Und wenn so ein neuzeitlicher Barbier auf einmal in Gestalt einer zierlichen jungen Dame daherkommt, bringt das meine eigene Ordnung der Dinge so durcheinander, dass ich mich eigentlich abwenden muss.

Generell sind die Patienten übel dran, wenn sie es mit so einem Bartscherer zu tun haben, sie erhalten viel zu oft schlechte Ratschläge und lassen sich zu Eingriffen überreden, die vermeidbar wären. Durch übersteigerten Tatendrang machen die Bartscherer einem weis, man müsse alles möglichst schnell in Angriff nehmen. Ein seltsames Motto. Ich hingegen würde sagen, man sollte Operationen hinausschieben, bis alles andere fehlgeschlagen ist. Ich selber würde mich einem Eingriff mit dem Skalpell nur dann unterziehen, wenn mein Leben davon abhinge. Ich habe zu vieles gesehen, was schiefgelaufen ist. Infektionen. Thrombosen. Eine Komplikation nach der anderen. Und auch wenn ich sie nicht gesehen hätte.

Bestrahlung ist eine phantastische Therapie bei Krebs, denn sie schadet dem Patienten am wenigsten. Deswegen habe ich mich darauf spezialisiert. Ich freue mich über jeden Fall, wenn ein Patient nur mit Bestrahlung behandelt wird, denn er ist nach der Therapie geheilt und trägt keine anderen Schäden davon. Ich werde mich nie mit den brutalen Methoden von Chemikalienpanschern abfinden, und ich hoffe, ich erlebe es noch, dass in dieser Zunft die Stellen stark abgebaut werden. Währenddessen werden ich und meine Strahlenpfeile weitere Fortschritte machen und damit auch die Möglichkeiten, die Bestrahlung auf den Punkt genau dorthin zu dirigieren, wo sie greifen soll, um den Meuchelmörder im Körper zu liquidieren und den Rest des Körpers so wenig wie möglich zu belasten.

ERSCHÖPFT NACH DIESEM TAG, erschöpft von Herzschmerzen. Ich versuche, die Zähne zusammenzubeißen und mich auf den Tumor in der Speiseröhre zu konzentrieren. Der Warum-ich-Mann mit gepflegtem Äußeren, der sich in meinem Sprechzimmer schneckenlangsam bewegte und anschließend forsch den Korridor entlangmarschierte.

Als hätte er ein winziges Jojo verschluckt. Ein rotes Jojo. Ein feuerrotes Jojo.

IRRTUM AUSGESCHLOSSEN. ICH KAM VON DER SCHULE NACH HAUSE. ICH KAM WIRKLICH VON DER SCHULE NACH HAUSE.

Mein Blick verschleiert sich. Genau wie bei Sterbenden, oder?

Ich erfinde ruck, zuck eine Methode, um zu sehen, ob ich mich schon oben oder noch hier unten befinde. Zeigefinger unters Nasenloch. (Guter Tipp für eine kritische Situation!) Die Fingerspitze spürt den Atemhauch. Martin Montag diesmal noch untot.

Martin Montag schließt die Augen, damit er nicht weiß, ob er schwarz sieht oder nicht schwarz. Er versucht, langsam zu atmen, und zählt bis hundertachtzig.

Als ich die Augen wieder öffne, sehe ich den Bildschirm und das Zimmer verschwommen – dämmert es etwa schon –, und das Herz jagt verdächtig weiter. Ich bin also genau am passenden Ort, um in meinem verschlossenen Reich erst gefunden zu werden, wenn der Schmerz seine Aufgabe erfüllt hat.

Aber es geht nicht um mein Herz. Es geht um die Hände des vorletzten Patienten des Tages. Der behaarte Handrücken, als er sich über seinen kahlen Schädel strich. Behaarte Hände und ein dreieckiges Muttermal am Zeigefinger der linken Hand.

Dieses dunkle Mal hätte er besser entfernen lassen sollen.

JETZT IST in meinem Zimmer alles wieder, wie es sein soll, und natürlich ist noch keine Dämmerung hereingebrochen. Ich stehe auf wie jeder andere quicklebendige Mensch und gehe zum Spiegel. Mein Spieglein, Spieglein an dem Schrank, sag, ich bin nicht am Herzen krank. Nicht blass um die Nase, kein Schweiß auf der Stirn.

Laut Krankenakte hat er einen Vornamen, aber nicht den, den er angegeben hat. Der eher seltene Nachname ist mir schon untergekommen. Als Name eines Patienten? Oder während meiner Ausbildungszeit?

Und dieser Mann, der ein Muttermal hat und einen Namen, er wohnt sogar irgendwo.

Fünfzehn bis zwanzig Minuten Fußweg entfernt vom Park mit dem Wasserfall. Vielleicht hat er die ganze Zeit dort gewohnt, seit ich von der Schule nach Hause kam.

Ich kam von der Schule nach Hause.

ICH KOMME IMMER VON DER SCHULE NACH HAUSE.

Bei dem schönen Wetter mache ich einen kleinen Umweg, ich gehe in den Park und zum Wasserfall, vielleicht tue ich etwas, was ich nicht darf, nämlich mir heimlich Schuhe und Socken ausziehen und die Zehen ins Wasser tauchen.

Warum ich? Warum bin ich es, der von der Schule nach Hause kommt?

Ich war es, der von der Schule nach Hause kam.

Er hätte das Muttermal besser entfernen lassen sollen. Ein dunkel glänzendes Muttermal kann Menschen umbringen.

AUF MICH WARTET der eiskalte Rosé, den Martin empfohlen hat, eine Insider-Information aus dem französischen Dolce Vita, mit Käsebällchen an einem Spätnachmittag, von dem inzwischen bereits einiges abgeknapst wurde. Es sollte meine und Petras Frühlingsfeier sein. Sie wartet sicher schon darauf, dass ich anrufe und ihr sage, wann ich im Kastanienclub eintreffe, damit die Feier beginnen kann.

Liebe Petra, ich kann jetzt nicht zu dir kommen. Und

auch nicht in den Kastanienclub, denn ich komme von der Schule nach Hause, als ich klein war, und du kannst dir nicht vorstellen, was für schwere Schritte das waren. Niemand kann sich das vorstellen. Und heute muss ich einen fürchterlichen Umweg zu einer bestimmten Adresse machen, und vielleicht wird der Weg so schwierig, dass ich auf der Strecke bleibe.

Ich schwindele Petra vor, dass es leider noch eine ganze Weile dauern wird, bis ich mich loseisen kann. Ein unerwarteter Zwischenfall. Nicht bei einem von meinen Patienten, sondern bei einem, den ein Kollege mir anvertraut hat, ein Patient in kritischem Zustand, und ich muss so lange im Krankenhaus bleiben, bis er sich stabilisiert hat. Ich sage, wie außerordentlich leid mir das tut, und rate ihr, unsere kleine Feier – sozusagen mit einem Fehlstart – allein einzuleiten, solange die Sonne noch auf dem Balkon ist. Petra fragt, ob ich mich erkältet hätte, ich klänge so seltsam. Ich glaube es beinahe selbst, wahrscheinlich kündigt sich da eine Art Grippe an, schwerer Kopf, unangenehmer Geschmack im Mund.

Ich werfe einen weiteren Blick auf das Jojo in der Speiseröhre des vorletzten Patienten, bevor ich den Computer herunterfahre. Es besteht wenig Hoffnung, dass dieses Spielzeug ihm den Garaus macht. Das wird die dringlichste Frage nach dem Wochenende sein, falls mir überhaupt Zeit bis dahin bleibt, ob ich diesen Patienten abgebe oder ihn selber behandle. Ich könnte mir vielleicht für die Dauer seiner Strahlentherapie Urlaub nehmen, damit ich ihm nicht begegnen muss. Und nicht wissen muss, dass er sich im gleichen Haus aufhält.

DIE HINTERTÜR rettet mich, ich gelange zum Auto, ohne von plötzlich auftauchenden Patienten, Kollegen oder Sekretärinnen behelligt zu werden. In der Luft liegt Partystimmung bei Bäumen und Vögeln und hoffentlich auch auf meinem Balkon bei der Eine-Frau-Party. Bis ich nach Hause komme. Falls ich es denn nach Hause schaffe. Falls sich der Schulweg nicht als so unüberwindlich lang und schwierig erweist, dass ich ihn heute nicht schaffe und dann nie wieder.

Und falls es so enden sollte, dass ich den Weg nicht bewältige, falls ich wieder allein und verlassen auf dem Bahnsteig zurückbleibe wie an dem Tag, als ich von der Schule nach Hause ging, und wenn vom Bahnhof keine Züge mehr fahren, weder in diese noch in die andere Richtung, weil es keine Zeit mehr gibt und weil ich außerhalb von allem stehe, was es gar nicht gibt, dann macht es mir auch nichts mehr aus, dass ich Petra verrate, die ihr ganzes Vertrauen in mich gesetzt hat, und meine Patienten verrate, die ihr ganzes Vertrauen in mich setzen, und ich verrate auch Martin Martinetti, den Seelenfreund und früheren Starpatienten.

Ich würde nicht einmal mehr an meine Eltern oder an Erna denken, wenn ich wieder auf diesem Bahnsteig landete, und wenn, dann nur mit unstillbarer Trauer und Erbitterung darüber, dass sie einen kleinen Jungen ein für alle Mal im Stich ließen.

Ein für alle Mal! Petra auf diese Weise verraten? Meine Frau, um die mich wohl alle Männer beneideten und noch mehr, wenn sie wüssten, wie sie küsst, wie sie mich anlächelt, wenn wir unter uns sind und ich mich ihr nähere.

So viel stand fest und hatte bereits seit langem festgestanden, dass ich mich nie und nimmer binden wollte. Wenn ich diesbezüglich ins Kreuzverhör genommen wurde, antwortete ich immer, ich sei mit meiner Arbeit verheiratet und für eine Nebenbuhlerin sei kein Platz. Das stimmte zwar, aber das Wesentlichere verschwieg ich; ich würde niemals ein Kind in die Welt setzen wollen. Niemals. Weshalb sich also im Ernst an eine Frau binden oder sich auf eine Frau einlassen, wenn die Basis für eine Beziehung so einseitig und despotisch war. In einem Fall wie meinem war es besser, hin und wieder eine oberflächliche Beziehung zu einer Frau zu haben, auch wenn es mit allerlei Lügengeschichten und einigen Unannehmlichkeiten verbunden war, sich wieder herauszulavieren.

Jener Abend am Kanal machte jedoch einen Strich durch meine Junggesellenrechnung. Die Bänke waren dicht besetzt von fröhlichen Menschen mit Laternen, Proviant und Getränken, und auf dem Wasser glänzten die Lichter. Selbst Hunde hatten in dieser warmen Abenddämmerung eine langsamere Gangart eingeschlagen, denn die Zeit schien zugleich mit der Sonne im Wasser untergegangen zu sein. Ich hatte nach einem langen Arbeitstag vom Krankenhaus die U-Bahn nehmen müssen, weil das Auto streikte. Ich war so ausgelaugt, dass ich mich am liebsten zu diesen Frühlingsmenschen gesetzt hätte, um mir das Glitzern der Lichter auf dem Wasser anzusehen und mich auszuruhen oder mich irgendwo lang auszustrecken und einzuduseln. Aber ich stapfte weiter auf dem Weg nach Hause.

Die Ankerklause war brechend voll, alle Gartentische waren besetzt. Etliche Gäste unterhielten sich draußen im

Stehen. Eine junge Frau hatte ein Glas Rosé in der Hand. Das konnte ich gut verstehen. Normalerweise halte ich mich an Rotwein oder Bier, aber im Frühling überkommt mich irgendwas, dann steige ich auf Rosé um.

Das Rosé-Mädchen lachte leise, als ich mich näherte. Sie stand im Schein einer roten Laterne, und ich sah in ihr die Assistentin eines Magiers. Als sie beim Lachen den Kopf nach hinten bog, geriet ihr schwarz glänzendes Haar wie eine lebendige Kreatur in Bewegung und schmiegte sich an ihren langen Hals.

Ich hätte gedacht, dass Querköpfe wie ich unempfänglich wären für hypnotisierende Blicke, aber das stimmte wohl nicht, denn der Querkopf betrat wie auf Kommando die Ankerklause und ließ es sich gefallen, am Tresen Schlange zu stehen und seelenruhig zu warten, dieser ansonsten ungeduldigste Mensch der Welt. Und natürlich bestellte er einen Rosé.

Ich ging gleich wieder nach draußen und stellte mich neben das leise lachende Mädchen mit dem quicklebendigen schwarzen Haar. Ja, ich muss hypnotisiert gewesen sein, sonst hätte ich mich niemals so dicht neben sie gestellt, denn ich hatte seit achtzehn Stunden nicht geduscht. Normalerweise dusche ich morgens und abends. Wenn mir etwas dazwischenkommt, finde ich meinen eigenen Geruch unerträglich.

Ich ging also kurz entschlossen zu ihr und nahm auch keine entschuldigende Pose ein, sondern gab mich wie ein alter Bekannter, der herausfinden wollte, ob sie zu einem Schwätzchen aufgelegt war. Ein junger Mann in der Gruppe erschrak sichtlich, als ich mich wie selbstverständlich neben sie pflanzte, aber das ging mich nichts an, und das Lachmädchen mit dem Haar war sofort bereit, mit mir zu plaudern.

Sie hieß Petra.

Das ist ein guter Anfang. Als ich klein war, hatte ich eine Freundin, die Petra hieß, die hatte das gleiche Haar wie du. Sie ist Türkin.

Ja, das ist ein guter Anfang, wiederholte Petra und lachte ihr leises Lachen mit nickendem Kopf, und das Haar belebte sich wieder und schmiegte sich jetzt auf der anderen Seite an ihren Hals. Dort lag es in einem dichten weichen Strang, wie ein schmusiges Katzenpfötchen.

Petra und ich stießen miteinander an, und der junge Mann in der Gruppe warf uns immer besorgtere Blicke zu.

Es stellte sich bald heraus, dass ich ein total ausgelaugter Arzt auf dem Heimweg vom Bereitschaftsdienst war, und normalerweise ist es nicht meine Art, unter solchen Umständen in einem Lokal einzukehren.

Aber ich habe dich lachen sehen, sagte ich.

Was du nicht sagst, sagte sie und lachte zum dritten Mal ihr leises Lachen. Ich weiß nicht, ob ein Dichter es als betörendes Lachen bezeichnen würde, ich finde jedenfalls kein besseres Wort.

Ich fragte sie, was sie beruflich machte, und natürlich war sie Krankenschwester. Sie hatte auch gerade ihre Schicht beendet und war es ebenfalls nicht gewohnt, nach der Arbeit in eine Kneipe zu gehen, aber ihre aufgekratzten Kollegen hatten sie mitgeschleift.

Sind sie nicht enttäuscht, wenn du in ein anderes Lager überwechselst und mit mir sprichst?

Gegen die Enttäuschung anderer ist kein Kraut gewachsen, erklärte Petra.

Wo hast du das gelesen?

Ich bin in abgrundtiefer Enttäuschung anderer aufgewachsen.

Mehr als wir anderen?

Vielleicht.

Inwiefern?

Meine Mutter ist geisteskrank.

Gute Vorbereitung auf eine Ehe.

Du sagst es, sagte Petra so schroff, dass ich erschrecke.

Ich habe oft über dieses Du sagst es meiner Frau bei unserem ersten Treffen nachgedacht. Und sie fügte noch hinzu: Ansonsten ist es eher meine Absicht, Single zu bleiben, als Ehefrau zu werden. Soweit man sich überhaupt jemals verplanen kann.

Da sitzen wir beide im selben Boot.

Komisch, das war mir auch irgendwie in den Sinn gekommen.

Wäre es dann nicht die richtige Fortsetzung eines guten Anfangs, mit zu mir nach Hause zu kommen?

Es hört sich ganz danach an.

Ich will nichts versprechen, sagte ich, und Petra kam mit mir nach Hause. So einfach war das.

Schon in den ersten Minuten stellte sich heraus, wie das Leben mit diesem Mann werden würde. Er platzierte die Frau auf dem Sofa, bot ihr Rotwein und Salzgebäck an und ging ins Bad, nachdem er ihr die unerhörte Zeitspanne seit seiner letzten Dusche in so gereiztem Ton erklärt hatte, dass sie lachen musste.

Nach dem Duschen kam dieser Mann im Bademantel zurück ins Wohnzimmer und fragte, ob sie etwas dagegen einzuwenden hätte, wenn er sich eine halbe Stunde hinlegte. Um sich mit einer jungen Dame, noch dazu einer mit dem Lieblingsnamen, unterhalten zu können, sollte man nicht völlig durch den Wind sein, fügte er hinzu.

Petra hatte nichts dagegen einzuwenden, es ist eine ihrer Spezialitäten, niemals Einwände zu haben. Als ich nach einer halben Stunde vollständig angekleidet wieder ins Wohnzimmer kam, war sie eingeschlafen. Ich setzte mich und sah ihr beim Schlafen zu, bis sie erwachte. Damit vergingen zwei Stunden. Ein persönlicher Rekord meinerseits, so lange untätig auf einem Fleck zu sitzen.

Ich betrachtete das lebendige schwarze Haar, das nun genau wie die ganze Petra tief schlief. Ich spielte das Spiel, ihr durch die geschlossenen Lider in die Augen zu blicken und durch die strahlenden dunkelbraunen Augen in den intelligenten Kopf einer Frau, die mir überlegen ist und der ich meinen Lebensnerv anzuvertrauen lernte, einen Lebensnerv, den sie allein mit ihrem Blick zerstören könnte.

Ich betrachtete sie zwei Stunden lang und betete zu Gott (das einzige Mal in meinem Leben), dass ich sie wie ein Mensch lieben könnte, nicht wie dieser Roboter, der ich bin, wissend, dass ich nicht erhört werden würde. Trotzdem lag ich diesem Gott weiterhin in den Ohren, denn ich wusste haargenau, dass ich hier und jetzt das Wunderschönste in meinem Leben erlebte, das war kein Vorschuss auf ein Glück, sondern schlicht und ergreifend der Höhepunkt von Seligkeit, und entsprechend selig saß ich zwei Stunden lang da und blickte auf meine schlafende Frau (denn sie war von dem Moment an meine Frau, als sich ihr Haar an ihrem Hals in das Pfötchen einer Schmusekatze verwandelte), und ich liebte sie von ganzem Herzen mit meinen Augen. Und nach dem Duschen glücklicherweise auch einstweilen geruchlos.

Sie erwachte, und es ließ sich nicht verleugnen: Ich hatte zwei Tränen geweint, eine aus jedem Auge. Eine Freudenträne, eine Trauerträne, und meine eben aufgewachte Frau auf dem Sofa blickte mich an und sah gleich, dass mit meinen Augen etwas nicht stimmte, aber sie übersah es geflissentlich. Sie bemerkt alles immer gleich, auch das ist eine von ihren Spezialitäten. Aber wenn es ihr angeraten scheint, sieht sie darüber hinweg. Eine weitere Spezialität von ihr.

Als meine Frau wieder richtig wach war und mir dabei zugesehen hatte, wie ich meine besonderen Schnittchen mit rotem Pesto und frischem Basilikum zubereitete, die wir am Küchentisch aßen, begann ein unvergessliches Märchen. Selbst ein begrenzter Mensch wie ich weiß, dass dergleichen einigen Auserwählten vorbehalten ist, und er vergisst nicht, sich in regelmäßigen Abständen an den Märchenbeginn und die Märchenfortsetzung zu erinnern und sich glücklich zu preisen, obwohl er nur ein gehandicapter Akteur hinter den Kulissen ist.

Ich fahre gern Auto, und ich genieße es, in meinem neuen schnellen Wagen am Steuer zu sitzen, wie ein Mann, geistig abwesend, auf einer Expedition, die Menschenleben kosten könnte. Ja, das passt, beinahe wäre ich einem Lieferwagen in die Seite gefahren. Der Fahrer des Lieferwagens legt sich auf die Hupe, schneidet eine Grimasse und zeigt mir den Stinkefinger. Martin sagt, dass Berliner Autofahrer verrückt sind. Der Verkehr in Frankreich laufe wie geschmiert, verglichen mit der Dickfelligkeit und dem Jähzorn von Berlinern, bei denen es nur eine Parole gebe: niemals nachzugeben. Ob sich die Fahrer überall in Deutschland so ruppig verhielten oder ob es nur in Berlin so sei? Und ich sage, es sei meiner Meinung nach in Berlin am schlimmsten. Und Martin erklärt mit ebenso besorgter wie fürsorglicher Falte, als würde er über einen verstorbenen Freund reden, dass die Teilung der Stadt ihre Spuren hinterlassen hat, Spuren, die noch nicht verschwunden sind. Bei diesem Punkt endet die Kommunikationsbasis zwischen uns, was ist denn das für eine Franzosenlogik, dass die Teilung Berlins in Ost und West derartig schlimme Auswirkungen auf die Fahrkultur ihrer Bewohner hat?

Und das Auto fährt an diesem schönsten Nachmittag in Berlin seinen Weg, die Arbeitswoche geht dem Ende zu, und an den Tischen auf den Bürgersteigen sitzen jede Menge Menschen unter Frühlingsbäumen mit weißen Blüten, aber auch an unbegrünten Straßenecken. Ich habe jedoch nichts auf solchen Bürgersteigen zu suchen, ich suche eine Adresse. Dort wohnt ein Mann, der ein Jojo verschluckt hat.

ICH FAHRE MEHRMALS im Karree um diese Adresse herum. Fahre an *meinem* Friedhof vorbei. Er ist jetzt meiner. Nie wieder gehe ich in einen Park mit Wasserfall – und auch niemals mehr in irgendwelche normalen Parks. Es sind hässliche und schlimme Parks mit lebendigen Menschen. Jetzt bleibe ich bei den Kreuzen stehen, wenn ich von der Schule komme, und bei meinen Freunden, den Verstorbenen. Wenn ich hoffentlich bald bei ihnen sein werde, gibt es dort keinen Jojo-Kerl, denn er fährt zur Hölle, genau wie Menschenfresser und Seeräuber. Mikki ist vor mir dort oben eingetroffen, er musste im Kanal ertrinken, weil die bösen Menschen im Osten ihn nicht retten wollten. Mikki kennt sich da oben aus, er weiß, wo die Wippen sind und die Kasperltheater und der Leierkastenmann und die Eisbuden und die Eisbahn, es ist wirklich unglaublich komisch, dass man da oben auch im Sommer Schlittschuh laufen kann. Anscheinend wissen sich die Leute dort immer zu helfen.

Auf meinem Friedhof fand ich die neue Mutter und den neuen Vater. Das sind meine Eltern im Himmel, sie heißen Luft und Sommer, und sie leben jetzt Seite an Seite, aber im irdischen Leben waren sie alleinstehend und hatten noch nicht einmal ein Kind, und deswegen strahlen sie mit der Sonne um die Wette, wenn ich dort eintreffe, und manchmal gibt es Gänsebraten, obwohl kein Feiertag ist und noch nicht einmal Sonntag. Mama Sommer backt die beste Schokoladentorte im ganzen Himmel und ist so lieb, dass ich mir drei Stücke nehmen darf, und wenn ich ihr von dem bösen Mann mit dem Jojo erzähle, nimmt sie mich in die Arme und weint bitterlich, und dann tröste ich sie und sage: Damit muss man sich abfinden, Mamasomm, es ist passiert, aber es ist vorbei, und Gott sei Dank kommt er in die Hölle. Dann streichelt sie mich, und ich trockne ihre Tränen, und sie sagt mit zusammengebissenen Zähnen: Zur Hölle, ja, Gott sei Dank! Mamasomm weicht nicht von meiner Seite, und vor dem Schlafengehen bekomme ich noch ein viertes Stück von der Schokoladentorte, weil ich mich so entsetzlich, entsetzlich elend fühle. Und meine Mama breitet ein riesiges, unglaublich weißes Oberbett über mich, weißer als funkelnagelneuer Schnee, auf dem noch keine Seele herumgetrampelt hat, kein Mensch, kein Hund; keine lästige Krähe, kein Katzenviech.

MANCHMAL, wenn ich auf dem Friedhof von Mamasomm und Papaluft verweile, bin ich noch nicht ganz bei ihnen. Manchmal bin ich nur unterwegs zu ihnen.

Kannst du nicht so schnell wie möglich zu uns kommen? Wir sind so fürchterlich kinderlos, sagt Mamasomm dann.

Ja, und ich fühle mich fürchterlich allein und verwaist und mikkilos. Aber wie komme ich denn überhaupt zu euch hin? Ich hab kein Geld für so eine Reise.

Es kostet nicht direkt etwas hierherzukommen.

Kann ich vielleicht einfach auf Schlittschuhen zu euch rüberschlittern, wenn der Winter da ist?

Das vielleicht nicht, und du weißt, wieso.

Ja, natürlich weiß ich, wieso, und natürlich tu ich nur so, als ob, natürlich bin ich alt genug, um zu wissen, wie man auf der großen Rutschbahn zum Himmel kommt, und manchmal sitze ich in der Garage und drücke meine Schnur an mich. Ich bin so leicht, dass ich nicht den großen Strick meines Vaters brauche, aber wenn ich warte, bis ich erwachsen bin, dann geht es nur mit dem dicken Strick. Diese Schnur ist prima für Kinder wie mich, oben an der Decke ist der Haken. Und ich unterhalte mich mit

Mamasomm und Papaluft, während ich auf die Hobelbank klettere, eine Holzkiste daraufstelle, auf die ich steige, und die Schnur mit einem Affenknoten am Haken befestige, dem Lieblingsknoten von Fähnleinführer Rainer. Ich lege mir die Schlinge um den Hals und sage: Jetzt ist alles so weit klar. Hast du nicht schon die Gans in den Backofen geschoben, damit sie fertig ist, wenn ich komme, du weißt doch, du hattest mir Gänsebraten versprochen.

Ich lasse meinen Kopf in der Schlinge und glaube vielleicht, dass es schlimm sein wird, wenn ich die Kiste unter mir wegtrete und sich die Schlinge um den Hals zusammenzieht, aber das Gefühl vergeht schnell, und ich sage nur das, was Fähnleinführer Rainer ständig sagt: *Kein Problem, mein Junge.*

Kein Problem, mein Junge, wiederhole ich und verabschiede mich von Mamasomm und Papaluft und sage, dass ich einfach das nächste Mal kommen werde, und Mapp, wie ich sie manchmal nenne, sagt, dass sie sich darauf freut, mich zu sehen, aber sie könne auch warten. Und es sei kein Problem mit der Gans, sie stecke zwar bereits im Backofen und sei viel zu viel für sie und Pamm, aber sie würden einfach morgen die Reste essen.

Glücklicherweise sind sie immer dort, wo sie sind, dort finde ich sie, auch wenn ich die Rutschpartie zu ihnen heute nicht antrete. Der Kopf wird aus der Schlinge gezogen und der Knoten vom Haken. Ich springe mit beiden Beinen zugleich auf den Boden und breite beim Sprung die Arme aus. Dann nehme ich die Schnur mit dem Affenknoten wieder in die Arme und verstaue sie in einer Plastikdose, die ich unter einem Haufen Putzwolle verstecke.

Dann gehe ich ins Haus und sage meiner Mutter, dass es unerhört lange her ist, seit es Gänsebraten gegeben hat. Wann gibt es denn endlich mal wieder Gänsebraten? Mama ergreift die erstbeste Gelegenheit, um eine Gans zu braten, und als sie auf den Tisch kommt, erklärt Papa, es sei eine Verschwendung, jetzt eine Gans zu essen, aber Mama denkt sich das ein oder andere aus. Beispielsweise, dass ihre verstorbene Mutter an diesem Tag Geburtstag gehabt hätte, sie wäre zweiundsiebzig geworden und es sei nicht übertrieben, aus diesem Anlass etwas Besonderes auf den Tisch zu bringen.

ALS MAMA MICH im Stich gelassen hatte und auch meine Schwester und als mein Vater zum Stellvertreter eines widerwärtigen Menschen mit behaarten Pranken und was weiß ich nicht geworden war, zog ich von zu Hause aus, soweit das einem Achtjährigen möglich ist. Ich hatte das ganz genau ausgeklügelt, und die Umstände waren zu meinen Gunsten, da meine Mutter operiert werden und einen halben Monat im Krankenhaus verbringen musste.

Meine Schwester Erna behauptete, für mich und meinen Vater sorgen zu können, aber das lehnte ich ab und sagte ihr rundheraus, das Essen, das sie fabrizierte, sei so schlecht, dass ich bestimmt verhungern würde. Ich sprach selber mit den Eltern von Mikki und fragte, ob ich zu ihnen kommen dürfte, weil meine Mutter einen halben Monat im Krankenhaus sein müsste. Meine Schwester könnte allenfalls irgendwelche ungenießbaren Eintöpfe zubereiten und bei dieser Kost würde ich wahrscheinlich verhungern, ein halber Monat war eine lange Zeit. Sie amüsierten sich köstlich über das, was ich sagte. Adile ließ Özer mit meiner Mutter reden, weil sie selber nicht gut genug Deutsch sprach. Er fragte meine Mutter, was sie für mich tun könnten, ich hätte so sehr darum gebeten, bei ihnen sein zu dürfen. Es wurde vereinbart, dass ich nach der Schule mit Mikki zu ihnen nach Hause gehen und dort essen dürfte, aber schlafen sollte ich zu Hause. Sonntagabends durfte ich aber nicht nur bei ihnen essen, sondern auch übernachten, um am Montagmorgen zusammen mit Mikki zur Schule zu gehen.

Ich war enorm stolz darauf, so eine tolle Vereinbarung hingekriegt zu haben. Im Nachhinein betrachtet war sie sogar so gut, dass keineswegs sicher ist, ob ich noch auf der Erde unterwegs wäre, hätte ich es nicht geschafft, mich in das Zuhause von Mikki und seiner kleinen Schwester Petra und Mama Adile und Papa Özer zu retten.

DIE WELT BEI MIKKI zu Hause war ein Abenteuer. Die Wohnung war voller Farben, und alle möglichen Kräuterdüfte hingen in der Luft, aber auch Lachen und Wärme. Adile und Özer unterhielten sich ständig mit ihren Kindern, sie lachten mit ihnen und streichelten ihnen über die Köpfe, und auch ich hatte Anteil daran. Sie sagten, ich hätte schöne Haare, das hörte ich zum ersten Mal.

Bei Mikki zu Hause gingen Besucher ein und aus, man hörte immer Stimmen und Geplauder (bei mir zu Hause kamen nur die Putzfrau Elisabeth und sonntags Tante Ida und Onkel Robert). Einige der Besucherinnen waren von

Schleiern umhüllt und nahmen sie auch nicht ab, wenn sie Apfeltee tranken. Als ich Adile nach diesen Schleiern fragte, tat sie ein bisschen geheimnisvoll und sagte: *Das ist der Glaube.* Ich wollte wissen, ob sie denn nicht wie die anderen Frauen an diese Schleier glaubte. Dem Lachen von Adile nach zu urteilen, war es mithin das Witzigste, was ich jemals von mir gegeben habe.

Als ich meine Eltern nach diesem Gesichtsschleier fragte, verfielen sie in einen herablassenden Ton und sprachen von diesen armen Menschen und verwendeten sogar einen Ausdruck wie *diese Einfältigen.* Durch sie wurde aber mein Missverständnis korrigiert, dass diese armen, lieben Leute an Schleier glaubten. Sie glaubten nur an einen ganz anderen Mann als unseren Jesus, und dieser Mann verlangte, dass Frauen verschleiert waren. Mein Interesse an diesem anderen Mann, diesem Mohammed, war entfacht, und ich wollte bei Mikki zu Hause mehr über ihn herausfinden. Doch da begannen meine wirklichen Eltern, an meinem Seelenheil zu zweifeln, und sie hetzten mir den Gemeindepastor auf den Hals. Dieser sympathische, vielleicht aber etwas gefühlsselige Seelsorger sprach mit einem verstockten Jungen, der skeptische Fragen über die Herkunft von Jesus und seine familiären Hintergründe stellte, über die Jungfrau Maria und Josef und Gott, und der ganz genau wissen wollte, was es mit dem Heiligen Geist auf sich hatte ... Bis der Pastor auf seine Uhr sah und mir zehn biblische Bilder zuschob (der Heilige Geist war aus irgendwelchen Gründen nass geworden und deswegen leider verwässert und unkenntlich). Er legte mir nahe, in die Kirche zu kommen, und sei es auch nur zu Ostern oder dergleichen.

Kurz darauf hörte ich eines Abends ein leises Gespräch meiner Eltern: *Da kann man nichts machen, der Junge ist ein notorischer Besserwisser,* hatte der Pastor über mich gesagt. Ich fühlte mich geschmeichelt, dass ein Pastor über mich Kerngesunden geredet hatte, als würde ich eine unheilbare Bakterie in mir tragen, die Besserwisser hieß.

Das Essen daheim bei Mikki war phantastisch. Alles schmeckte toll, wenn auch manchmal ungewöhnlich, und nicht zuletzt der Geruch war extrem seltsam. Er erinnerte an Weihrauch und Blumen und anderes, was man sich normalerweise nicht einverleibte. Mikkis Mutter verbrachte viele Stunden in der Küche. Das Gemüse wurde meist geschnetzelt, ebenso wie der Salat. Mikki und ich halfen ihr manchmal dabei. Özer kümmerte sich um Beilagen wie beispielsweise Joghurt-Soßen oder Hummus.

Ich lernte, wie all diese Gerichte auf Türkisch hießen, auch die Namen von Gemüse- und Obstarten, von denen ich nicht einmal wusste, wie sie auf Deutsch hießen. Wir saßen beim Abendessen immer lange am Tisch, redeten und redeten und lachten. Normalerweise sprachen sie Türkisch untereinander, aber wenn ich bei ihnen war, redeten sie Deutsch. Adile konnte nicht viel Deutsch, und ich verstand nicht alles, was sie sagte. Manchmal sagte sie etwas auf Türkisch, und dann übersetzte Mikki für mich oder sein Vater. Die kleine Petra hatte ein Händchen dafür, auf Deutsch Ausdrücke für türkische Wörter zu finden.

Einmal vergaßen sie sich während des Abendessens und unterhielten sich nur noch in ihrer Muttersprache. Ich lauschte dieser ausländischen Musik wie hypnotisiert. Als sie sich plötzlich daran erinnerten, dass ich bei ihnen am

Tisch saß, waren alle unisono schockiert über sich selbst, und Adile sagte: Entschuldige, Martin, wir sind unhöflich zu unserem Gast. Ich antwortete: Ich bin doch kein richtiger Gast. Ich möchte eure Sprache lernen.

Alle lachten vergnügt. Petra deutete auf alle möglichen Gegenstände auf dem Tisch und sagte mir, wie sie hießen. Nach einigen Wochen verstand ich schon ein bisschen, und dann fing ich auch bald an, auf Türkisch zu plappern. Manchmal redete ich Türkisch mit Mikki und anderen in der Schule. Es war mir völlig egal, wenn die Jungs in meiner Klasse mich mit Ausdrücken wie Kanake oder Kümmeltürke beschimpften. Ich schüttelte einfach meinen schweren Kopf mit dem dichten Haarschopf, den ich nur schneiden ließ, wenn es absolut nicht mehr zu umgehen war.

Diese kindlichen Spiele hatten zur Folge, dass mich heute einige türkische Großmütter in Berlin, die kein Deutsch können, abgöttisch lieben, weil ich mich im Krankheitsfall praktisch ohne Mittelsmänner mit ihnen unterhalten kann. Und es traf sich so gut, dass eine von ihnen einen Sohn hat, der eine Gaststätte besitzt, wo ich wie der verlorene Sohn begrüßt werde, wenn ich meine Nase zur Tür hereinstecke. Und ebendieses ausgezeichnete Restaurant hatte großen Anteil daran, dass es Martin vor der Therapie gelang, sich ein wenig aufzubauen. Die von mir geheilte Großmutter arbeitete hin und wieder bei ihrem Sohn in der Küche, sie nahm die Angelegenheit in ihre Hände und verwöhnte Martin auf jede erdenkliche Weise, entsetzte sich über die deutsche Küche und stopfte kerngesundes türkisches Essen in ihn hinein. Sie war überzeugt, dass dieses oder jenes Gewürz Krebszellen abtöten würde. Einmal ging ich zusammen mit ihm dorthin und fand es schön, wie mein Freund da mit ihnen in einer Ecke zusammensaß. Mein französischer Clochard hatte sich in einen türkischen Enkelsohn verwandelt. Martin hatte sich allerdings mir gegenüber des langen und breiten darüber ausgelassen, dass man sich als Herumtreiber in alle möglichen Gestalten verwandeln können müsse, um zu überleben.

Auch nachdem Mikki ertrunken und gestorben war, weil die bösen Menschen im Osten verboten hatten, dass Kinder, die in den Kanal fielen, gerettet werden durften, setzte ich meine Besuche bei seiner Familie und der kleinen Petra fort. Meine Eltern waren nicht gerade begeistert, dass ich mich dort so lange aufhielt, aber das Mitleid behielt die Oberhand: Diese armen Leute hatten ihren Sohn verloren, und es war ihnen sicherlich ein Trost, wenn sein Freund zu ihnen kam. Das musste man ihnen doch gönnen. Außerdem kannten Papa und Mama natürlich ihren eigenen Sprössling und wussten, dass es nicht einfach sein würde, ihn daran zu hindern.

Petra und ich konnten stundenlang miteinander spielen, obwohl sie so viel jünger war und noch dazu ein Mädchen. Es war auch ganz seltsam, dass ich ihre Haare vom Scheitel bis auf die Schultern berühren konnte, und sie durfte mir die Wange streicheln und meine Hand halten. Mikkis Vater durfte seine Hand auf meine Schulter legen, ohne dass mir ein Schauder den Rücken hinunterlief, und Adile durfte mir über die Haare streichen, für sie war es das selbständigste und schönste Haar, das sie je gesehen hatte.

Ansonsten durfte mir niemand nahekommen. Ich schob Mama von mir weg, wenn sie versuchte, meine Wange zu berühren. Es konnte passieren, dass ihr die Tränen kamen. Aber ich war verstockt, ich dachte nur an den Tag, als ich es ihr erzählte und dabei untröstlich weinte, aber sie glaubte mir nicht, wie sehr ich auch weinte.

Wenn Petra und ich mit Mikkis Spielsachen spielten, fing sie manchmal an zu heulen und sagte, Mikki könnte nicht mehr damit spielen, weil er tot war, und ich tröstete sie, indem ich ihr sagte, dass wir drei uns im Himmel treffen würden, wo alle toten Leute gute Menschen wären, denn alle bösen Kerle mit Jojos und Menschenfresser, Piraten und Hitler, die wären Gott sei Dank in der Hölle.

Einmal, als sie wieder wegen ihres Bruders weinte, sagte ich zu ihr: Sag doch einfach Mikki zu mir, du darfst es aber niemandem verraten. Und ich verwandelte mich in Mikki und war niemals auf dem Weg von der Schule nach Hause in einen Park mit einem Wasserfall gegangen, wo ein Kerl mit haarigen Pranken und einem Jojo lauerte. Ich war der tote ertrunkene Mikki in dem Kanal, aus dem man mich nicht retten durfte, deswegen war ich im Himmel. Und da war alles viel besser als hier unten auf dieser verdammten Erde.

Es traf sich gut, dass Mikki sich in mir festsetzte, denn dadurch vermisste ich ihn nicht so sehr, wie ich es sonst getan hätte. Die Verwandlung war aber nicht vollkommen, denn sobald ich Mikki wurde, bedrückte es mich, dass ich nie wieder einen Seelenfreund haben würde. Dieses Wort hatte ich in einem Buch gefunden, SEELENFREUND,

und ich verstand vollkommen, dass Mikki genau das gewesen war.

In dem Fall hatte meine kleine glasharte Seele recht. Niemand konnte mir Mikki ersetzen – erst Martin Martinetti, der als französischer einunddreißigjähriger Clochard auf den Plan trat, mit einem Karzinom an einer schlimmen Stelle. Wir – ja, wir wurden unzertrennlich. So sehr, dass ich ungefähr jeden zweiten Samstag die Besuchszeit bei Petras Mutter halbierte, um zwei Stunden mit Martin zusammen zu sein, bevor Petras und mein gemeinsames Wochenende begann.

MARTIN UND ICH trafen uns wie verabredet kurz vor seiner ersten Chemotherapie. Treffpunkt war der Brachvogel, ein Tag im April, genau zwischen unseren Geburtstagen, und es lag so viel Frühling in der Luft, dass der Geruch fast erstickend war.

Petra hatte mir gestattet, nach der Stippvisite im Krankenhaus, nach dem Schwimmen und dem Besuch bei ihrer Mutter einen Teil unseres Samstags zu opfern. Sie vermisste zwar jede Minute, die uns von unserer gemeinsamen Zeit abgeknapst wurde, aber in diesem Fall ging es um einen guten Zweck.

Zweck oder nicht Zweck, ich sehnte mich nach ihr, und ich hatte bereits angefangen, mich über mein übertriebenes Samaritergehabe zu ärgern, als Martin anspaziert kam. Alle negativen Gedanken lösten sich in absolute Bewunderung auf. Wahrscheinlich hätte ich ihn nicht erkannt, wenn er nicht seinen Lockenschopf gehabt hätte. Dieser Mann bewegte sich sogar ganz anders als Martin, und ich wäre nie auf den Gedanken gekommen wie bei der ersten Begegnung, dass er mindestens fünfzig sein musste.

Bonjour, mein Freund, sagte ich. Bist du das wirklich? Hast du dich in eine Zeitmaschine stecken lassen?

Ja, bonjour. Treffendes Bonmot, denn ich bin tatsächlich in einer Zeitmaschine gewesen.

Und wo hast du die gefunden? In die möchte ich auch gerne.

Du hast selber so eine Zeitmaschine bei dir zu Hause.

Wie bitte?

Petra, Mensch! Sie ist deine Zeitmaschine. Meine war im Zoo.

Ich hoffe inständig, dass sich da in deinem Kopf keine von diesen widerwärtigen Metastasen angesiedelt hat.

So langsam glaube ich tatsächlich, dass Deutsche nicht imstande sind, bildliche Sprache zu verstehen, vor allem nicht, wenn es um Liebe geht.

Ich verstehe zumindest im Augenblick kein Wort von dem, was du sagst.

Ich habe gesagt, dass Liebe eine Zeitmaschine ist.

Vergiss nicht den Entzug, den du hinter dir hast.

Ja, und wie. Vielleicht ist ja auch Liebe so etwas wie Entzug.

Ich glaube, solche Dinge sollte man lieber im Sitzen bereden, sagte ich, ich bin etwas geschafft nach dem Schwimmen.

Schwimmen?

Samstags schwimmen wir immer zu fünft in einem der Seen hier in der Nähe.

Aber doch nicht im Winter?

Doch. Dann ist es am schönsten.

Habt ihr womöglich auch Knotenpeitschen dabei?

Nein, dazu besteht kein Bedarf. Es ist ohnehin krass genug im Winter.

Was für eine Temperatur hat das Wasser?

Heute neun Grad.

Das ist wirklich germanischer Wahnsinn höchsten Grades. Hör mir bloß auf damit.

Nein, hör du mir doch lieber zu. Wir gehen zweimal ins Wasser, und beim zweiten Mal nackt, weil die Badehosen nass sind.

Völlig nackt?

Das hab ich doch gerade gesagt.

Und was ist mit Leuten, die dort unterwegs sind?

Wo wir sind, ist es ziemlich abgeschieden, aber es kommen natürlich immer mal wieder Leute vorbei.

Du lieber Himmel, fünf splitternackte Germanen, die in einem Waldgewässer rumpaddeln. Und diese Spezies will mich kurieren. Ich glaube, ich bin in Gefahr.

Du befindest dich in einem der besten Krankenhäuser in Europa, was erfolgreiche Krebstherapie betrifft. Der Arzt in Treptow wusste schon, was er tat, als er dich genau bei uns reingeschummelt hat.

Immer wieder die gleiche Geschichte, eine großartige Rettung mit allem Drum und Dran, ohne dass ich auch nur den kleinen Finger rühre.

Du hast den kleinen Finger bereits gerührt. Du hast die Schwelle in Treptow überschritten.

Und danach die alte Leier, reicht man dem Teufel den kleinen Finger, schnappt er sich die ganze Hand.

Martin bestellte sich ein kleines Bier. Ich fand es nicht

gut, dass mein ganz spezieller Patient, der gerade den Entzug hinter sich hatte, wieder Alkohol trank. Aber er schwor heilige Eide, dass es seine erlaubte Tagesration sei und daran halte er sich. Er gab aber zu, dass es kleine Abweichungen davon geben konnte, er trank nämlich manchmal statt einem Bier ein Glas Rotwein mit seiner Jadwiga, wenn sie aus essen gingen.

Aus essen?

Ja, ich habe sie zum Essen eingeladen.

Wen?

Jadwiga.

Ich kann dir absolut nicht folgen.

Das polnische Mädchen im Zoo.

Mir fehlen die Worte.

Mir auch.

Und wie hast du dir das Geld dazu herbeigezaubert?

Ich habe dir doch von meiner Tante in Antibes erzählt. Sie freut sich, wenn sie mir Geld schicken kann, und manchmal gestatte ich es ihr. Und jetzt gab es einen Anlass.

Und wie macht sie das? Du hast doch wohl kaum ein Bankkonto.

Es gibt beispielsweise so etwas wie *Western Union*. Denkst du vielleicht, dass meine Tante und ich so blöd sind, dass wir nicht wissen, was für Möglichkeiten es heutzutage gibt?

Also dieses Liebesgefasel hat etwas mit Jadwiga zu tun.

Es hat nichts mit ihr zu tun, sie ist die fleischgewordene Liebe.

Hast du dir vielleicht eine doppelte Ration von irgendeinem Halluzinogen beschafft?

So was brauch ich nicht, mit Jadwiga schwebe ich wie

auf Wolken. Liebe ist eine Übung im Schweben. Man flattert ein wenig über der Erdkruste herum, der alte Traum vom Fliegen.

Herzlichen Glückwunsch. Ich freu mich für dich. Aber ich bin mir nicht sicher, ob meine Seele für weitere poetische Ergüsse empfänglich ist.

Martin ließ sich aber nicht beirren, und nachdem er sich die besten Bratwürste der Stadt mit viel Senf (der allerdings nicht an französischen Senf heranreichte – warum nimmst du dir dann so viel davon?, fragte ich) und Kartoffelsalat einverleibt hatte und bei einem doppelten Espresso angekommen war, platzte er vor Mitteilungsbedürfnis, und ich bekam rückhaltlos alles über die wundertätige Jadwiga zu hören.

Letzten Endes ging es nur darum, dass Martin direkt nach seiner Entlassung von der Entzugsstation frisch geduscht und frisch rasiert und in meinem Jackett und meinem Hemd schnurstracks zum Zoo gegangen war, wo Jadwiga ihn am Eingang erwartete. Es war ein Sonnenscheintag, und nachdem die Frau sich von ihrem ersten Schock, einen völlig veränderten Martin vor sich zu haben, erholt hatte, erklärte sie sich einverstanden, abends mit ihm essen zu gehen. Nicht nur im Restaurant, sondern auch andernorts nahmen die Dinge einen rasanten Verlauf. Er erzählte ihr von seiner Krankheit, vom Entzug, von einem Exzentriker in Gestalt eines Arztes, von seinem Pennerdasein, und sie sagte, sie sei in ihn verliebt, klarer Fall, verliebt in ihn, egal ob betrunken oder nicht betrunken, krank oder gesund. Martin hatte sie gefragt: Auch glatzköpfig?, und sie hatte geantwortet, ja, auch glatzköpfig, und sie war zu Tränen gerührt, weil er so schönes Haar hatte. Martin war gezwungen, sie noch mehr zu betrüben, indem er hinzufügte, dass niemand wüsste, was für Haare ihm später nachwachsen würden, vielleicht blonde und ganz glatte, und da konnte Jadwiga nicht anders, als ihren Tränen an seiner Wange freien Lauf zu lassen, so als sei ein blonder Martin Martinetti mit glattem Haar das Schrecklichste, was passieren könnte.

Doch die Freude behielt die Oberhand, und die Verwunderung darüber, einander gefunden zu haben – konnte so etwas überhaupt wahr sein? Das war die Hauptsache, der Krebs war Nebensache, eine vorübergehende, lästige Angelegenheit, die einfach durchgestanden werden musste. Zudem stammte Jadwiga von berühmten Homöopathen ab, und die hatten parallel zu giftigen Chemiewaffen und Bestrahlung noch einige andere Mittel in petto. Beide hatten keine Angst davor, dass die Krankheit den Kampf gewinnen könnte, das war irgendwie ausgeschlossen. Dieser Mann war nicht im Begriff, die Welt zu verlassen, er begann gerade ein neues Leben. Auch das war möglich, und sie lachten beide über dieses ewige Klischee: *ein neues Leben*, und Martin zitierte ein Gedicht von Dadason, in dem der sich über ein neues Leben lustig machte, und Jadwiga erinnerte sich an ein polnisches Gedicht, das sie aus dem Stegreif übersetzte, und Martin nahm sich fest vor, Polnisch zu lernen. Jadwiga war entschlossen, besser Französisch zu lernen, sie war ein absolutes Sprachgenie. Martin hatte kaum je einen Ausländer besser als sie Französisch sprechen gehört, was für ein Luxus war es für ihn, mit der Liebsten seine Muttersprache sprechen zu können und seine Würde zu behalten, anstatt mit lächerlich französischem Akzent auf Deutsch zu radebrechen. Es sei gar nicht möglich, Menschen ernst zu nehmen, die irgend so ein Kauderwelsch plapperten.

Ich musste mir wohl oder übel noch ein kleines Bier bestellen, da ich mir diese Geschichte offensichlich in allen Einzelheiten anhören sollte. Tagsüber trinke ich sonst allerhöchstens ein kleines Bier und am liebsten überhaupt keinen Alkohol. Und die Vögel im Biergarten des Brachvogels kreischten so schrill, dass den Gästen (zumindest mir) der Kopf schwirrte, und deswegen musste ich mir noch eine weitere Bratwurst mit Kartoffelsalat bestellen und mehr Espresso für Martin, um weiter auf dieser unglaublichen Jadwiga-Achterbahn rumzubrettern.

Wir saßen schon zwei Stunden im Brachvogel, und die ganze Zeit hatte ich dem Wortschwall zugehört, der praktisch ununterbrochen aus Martin herausströmte. Sein Akzent war so übertrieben und die Wortwahl so verworren, dass ich kaum die Hälfte von dem mitbekam, was er zu sagen versuchte, vor allem, als er auf ihr Sexleben einging, da sind mir einige Dinge immer noch nicht klar.

Beispielsweise, ob er mir wirklich gesagt hat, dass Jadwiga sofort herausgefunden hatte, welche Liebesspiele mit einem Mann in Frage kamen, der an entscheidender Stelle einen bösartigen Tumor hatte? Es ist sehr die Frage, ob ich ihn nicht missverstanden habe: dass er in der Missionarsstellung Schmerzen verspürte, aber wenn sie oben war, klappte alles wunderbar. Martin war eindeutig nicht daran gewöhnt, sich auf Deutsch über Sex zu unterhalten, und irgendwie kam alles verdreht aus ihm heraus. Am liebsten hätte ich diese abstruse Berichterstattung vergessen, wer möchte schon im Schlafzimmer seines Bekannten sein, selbst wenn es sich dabei um einen Patienten handelt, aber dieser Monolog mit Grammatikfehlern, aus denen undenkbare Verrenkungen bei den Liebespraktiken entstanden, liegt für mich immer noch peinlich nahe unter der Oberfläche und kommt mir manchmal in den Sinn. Leider.

Ich war mir sehr sicher, dass die Beschreibungen des weiblichen Engels Jadwiga übertrieben waren, weil sich der Berichterstatter in dem verwirrten und entrückten Zustand eines Menschen befand, der auf unglaubliche Weise ein neues Kapitel voller Gegensätze in seinem Leben bewältigen musste. Es war kaum möglich, all das in einem Kopf und einem Herzen unterzubringen, ohne dass gesunder Menschenverstand beeinträchtigt wurde. Diese Gedanken musste ich zum ersten Mal widerrufen, als ich Jadwiga kennenlernte, und zum zweiten Mal, als ich die beiden in Jadwigas Wohnung besuchte, denn so unwahrscheinlich es klingt, mein brillanter Freund hatte diese Frau und ihr Zuhause sehr präzise geschildert. Wenn überhaupt, dann hatte er eher untertrieben.

Martin vertraute mir also unter dem störenden Gekreisch von Vögeln an, dass er einen Engel in Menschengestalt gefunden hatte, einen Engel mit Humor, einen erotischen Engel.

Ich unterbrach ihn.

Spielt dieser Engel vielleicht auch die Harfe?

Mach bitte keine Witze, sie spielt Klavier, das habe ich dir gesagt.

Ich hatte es wieder vergessen.

Wie konntest du vergessen, dass Jadwiga Klavier spielt?

Martin war richtig verletzt, so als hätte ich etwas Ungebührliches über seinen Engel in Menschengestalt gesagt. Ich musste sofort einlenken.

Verzeih mir bitte, in meinem Kopf geht Tag für Tag so vieles vor.

Ja, aber ich hatte dir doch gesagt, dass sie Klavier spielt.

Ganz richtig, das hast du mir gesagt.

Und sie spielt phantastisch Klavier. Chopin und was weiß ich. Eric Satie.

Martin fühlte sich immer noch beleidigt und herabgesetzt, als hätte ich ihm vorsätzlich etwas angetan, indem ich aus purer Bosheit heraus seine engelhafte Geliebte zu verunglimpfen versuchte.

Er lebte erst wieder auf, als seine Gedanken in die Galvanistraße gingen, dort befand sich Jadwigas trautes Heim.

Moment mal, Galvanistraße. Ist die überhaupt in Berlin?

Es ist die tollste und interessanteste Straße in Berlin. Ja, das passt zu Stadtbewohnern, die kennen ihre Stadt nicht, nein, das tun nur Penner und Taxifahrer. Auf gar keinen Fall ein Jogger, denn der hetzt nur immer weiter in seinem Schweißdunst und hat keine Ahnung, was um ihn herum geschieht.

So teilnahmslos bin ich nicht beim Laufen, ich nehme durchaus die Dinge um mich herum wahr. Vorausgesetzt, dass es hell genug ist. Ein halbes Jahr lang laufe ich im Finsteren.

Ein nächtlicher Jogger?

Ich beginne meinen Tag mit Laufen, und in Berlin dauert die Nacht nun einmal bis in den Tag hinein.

Jogging im Dunkeln. Perverser geht es nicht. Und du kennst nicht mal die Galvanistraße. Ich bin sogar schon dort gewesen, bevor ich Jadwiga kennengelernt habe. Eine unglaublich tolle Straße, die an drei Wasserwege grenzt, sie liegt relativ versteckt.

Na schön, meinetwegen. Und wie hat sich dein polnischer Engel dort eingerichtet?

Martin beschrieb mir das Ambiente so emphatisch, dass ein erstklassiger Schriftsteller auf Kokain es nicht besser gekonnt hätte.

Die nackten Tatsachen bestanden darin, dass sie eine verhältnismäßig billige Mansardenwohnung gefunden hatte. Sie war ziemlich heruntergekommen und wies auch etliche andere Macken auf. Im Schlafzimmer konnte man beispielsweise gerade mal an der Tür aufrecht stehen (aber wer besteht schon darauf, im Schlafzimmer aufrecht zu stehen?), und die Küche war ein Schrank (was aber nichts machte, da Jadwiga sie mit Regalen, Klapptisch und Klappstühlen bis in den Flur hinein verlängert hatte). Das Wohnzimmer war dagegen hell und geräumig, achtzig Quadratmeter, und nur zu einem geringen Teil unter der Schräge. Und dort stand ein Klavier, ein gutes Klavier, RICHTIG gestimmt.

Und diese Frau war eine so begabte Innenarchitektin und Künstlerin, dass in ihrem Wohnzimmer vollkommene Harmonie herrschte. Das reine Feng Shui aus Spiegeln und Pflanzen, man verspürte sofort den Wunsch, auf das Sofa zu sinken, sich meditierend im Nirwana herumzutreiben und nicht wieder aufzustehen.

Das klingt vielleicht nach etwas *zu* viel Entspannung.

Martin ließ sich nicht dazu herab, auf diese spitze Bemerkung zu antworten, sondern erzählte unbeirrt weiter.

Jadwiga hatte ihm Fotos vom Zustand der Behausung gezeigt, bevor sie sie übernahm, und es war kaum vorstellbar, dass eine einzige Frau eine Wohnung so verwandelt hatte. Allerdings nicht ganz ohne Hilfe, ihr Bruder kam mit billigem Parkett aus Polen angereist, das die beiden zusammen verlegten. Zuvor hatte Jadwiga die Wohnung gestrichen und Regale gebaut.

Dieser dein Engel ist mit anderen Worten auch ein Tausendsassa.

Ich habe überhaupt nicht gewusst, dass es solche Menschen gibt. Die Leute aus dem Ostblock mussten sich ja zu helfen wissen. Jadwiga kann aus buchstäblich nichts was machen.

Damit ist sie einen Schritt weiter als Jesus, der brauchte immerhin Wasser, um Wein daraus zu machen.

Mit dir kann man überhaupt nicht reden, ich erzähle dir hier von einer in jeder Hinsicht und von allen Seiten unglaublichen Frau. Ausgerechnet im Zoo habe ich sie gefunden. Mensch, kannst du dich denn nicht einfach mit mir freuen?

Wenn einer sich freut, dann ich. Damit hast du die Wahrscheinlichkeit, dass du es schaffst, enorm gesteigert.

Genau wie ich sage, du denkst an nichts anderes als an diesen verdammten Tumor, mit dir kann man einfach nicht reden.

Jetzt hör aber mal, woran soll ich denn denken, wenn nicht an diesen Tumor? Ich werde dafür bezahlt, ihn verschwinden zu lassen. Hokuspokus.

Meinetwegen. Willst du etwas mehr über Jadwiga hören, oder willst du nicht?

Eigentlich reicht es so langsam, aber na schön. Will sie da im Zoo bleiben?

In gewisser Weise, ja. Sie will Tierärztin werden, und sie besucht eine Abendschule, um sich vorzubereiten.

Wahrscheinlich kann sie in einem halben Jahr mit dem Studium beginnen.

Das fällt dann genau mit der schwierigsten Phase deiner Therapie zusammen.

Was für eine verdammte Rolle spielt das denn! Sie wird ihren Weg gehen, das hat doch nichts mit meiner Therapie zu tun.

Wirst du zu ihr ziehen?

Das möchte sie. Sie befürchtet nur, dass ich Probleme mit der Treppe haben werde, die hat nämlich hundertsieben Stufen. Und Martin lachte.

Das ist nicht zum Lachen, denn du *wirst* Probleme mit Treppen haben, auch schon bei wesentlich weniger Stufen.

Dieses Treppengefasel von dir und Jadwiga ist einfach absurd. Nichts als Einwände und Bedenken. Wäre es nicht gescheiter, wenn du mir Mut machen würdest? Außerdem weiß ich selber nicht, ob es gut wäre, zu ihr zu ziehen. Glaubst du vielleicht, dass es Spaß macht, eine Beziehung damit zu beginnen, neun Monate oder länger ein marodes Wesen zu pflegen?

Soweit ich verstanden habe, hat die Beziehung bereits begonnen.

Ich glaube jedenfalls, es wäre wesentlich besser, wenn ich diese Therapie in meiner kleinen Klause abbrumme.

Bist du verrückt?

Ich überlege.

Überleg nicht. Es ist von unschätzbarer Bedeutung für dich, wenn du jemanden hast, der dich betreuen kann.

Wenn es um Liebe geht, kann man doch nicht so bescheuert praktisch argumentieren.

Es ist nun einmal bescheuert unpraktisch, am Anfang einer Liebesbeziehung einen Tumor zu haben, noch dazu an dieser Stelle. Ganz abgesehen von finanziellen Dingen und anderen Nebensächlichkeiten. Es wäre vielleicht nicht das Dümmste, ein wenig bescheuert praktisch zu denken.

Martin starrte mich an, sein Unterkiefer sank herab.

Ihr Deutschen, sagte er dann. Das passt genau ins Bild.

Sprich nicht in diesem Plural mit mir, sagte ich. Niemals.

Ist mir herausgerutscht, sagte Martin. War nicht böse gemeint.

Ich weiß, sagte ich und trank das dritte Bier aus, und da ich das Limit ohnehin schon überschritten hatte, machte ich weiter und bestellte mir ein viertes.

Trinkst du auch sonst tagsüber?, fragte Martin mit äußerst besorgter Miene.

Moment mal, es geht hier um einen speziellen Anlass. Ein frisch verliebter Schwerkranker, das kommt nicht alle Tage vor.

Was bin ich erleichtert, dass du auch abgesehen von meinem Tumor Anteil an meinem Leben nimmst.

Ich bin es nicht gewohnt, über Gefühle zu sprechen.

Deine arme Frau. Und das unterbreitete er mir in seiner Muttersprache, was er manchmal zu feierlichen Anlässen macht: *Ta pauvre femme!*

Kann sein, aber nicht aus diesem Grund. Wir können sehr gut miteinander reden. Ich habe damit nur gemeint, dass ich es nicht gewohnt bin, mit anderen Menschen als mit ihr über Gefühle zu reden.

Martin sah mich mit einem Blick an, den ich nicht vergessen kann. Was dachte er von mir? Dass ich impotent bin, pervers oder ein Kontrollfreak? Auf jeden Fall muss ihm da irgendein Licht aufgegangen sein. Wenn sogar ich selber durchschimmern ließ, dass man Mitleid mit der Frau haben sollte, die meine Frau war.

Der Martin Montag, der nach vier Bieren und zwei Portionen Bratwurst mit Kartoffelsalat aufstand, war keineswegs mehr vollkommen sicher auf den Beinen. Und als die Touristen auf einem vorübergleitenden Ausflugsboot winkten und riefen, erwiderte er das so schwungvoll, dass es den Anschein hatte, als geniere der Patient sich für den Arzt.

DIE ADRESSE DES JOJO-MANNES: eine Fußgängerzone, in der viel los ist. Die ganze Straße entlang überall Tische und Stühle draußen und promenierende Menschen, und die Kastanien haben so früh geblüht, dass Zeitungen und Fernsehen sich förmlich überschlagen mit Nachrichten und Bildern von den Bäumen; aber es hat natürlich nichts Gutes zu bedeuten, Klimaerwärmung, es ist noch nicht einmal Mai.

Die Haustür von Nummer 31 ist knallgelb und glänzt in der Sonne. Ich sehe mir die Klingelschilder an, und genau, da ist er, der Mann mit dem seltenen Familiennamen, der Anfangsbuchstabe des Vornamens und pompöse Titelabkürzungen: *Dr.* vor und *Abtl.* hinter dem Namen. Der Abteilungsleitertitel reizt mich zum Lachen. Ich bin ja sozusagen von Amts wegen dazu bestellt, mit kaltem Kalkül einen gerissenen Langzeitschuldner zu verfolgen, der mich nur insoweit etwas angeht, als ich die unbeglichene

Schuld mit Zins und Zinseszins einfordern soll, nur: Wie treibt man sie ein?

Ich überquere die Straße. Von außen sieht das Haus Nummer 31 tadellos aus. Ein Jugendstilhaus aus der Jahrhundertwende, auf allen Etagen wohnen Blumenfreunde und ordnungsliebende Menschen, das passt genau zum vorletzten Patienten des Tages, dem glattrasierten Pensionär mit der hellroten Krawatte.

Auf der ersten Etage erscheint eine Frau mit langen strähnigen Haaren am Fenster, sie äugt in beide Richtungen, bevor sie das Fenster einen Spalt öffnet. Sie zögert noch einmal, dann macht sie das Fenster sperrangelweit auf. Hastig gießt sie die leuchtend roten Blumen, deren Blüten an langen Stängeln vom Fenstersims herunterhängen, und sie schaut auf die Straße hinunter, als sei da etwas, was das Tageslicht scheut.

Sie schließt das Fenster rasch und verschwindet. Eine flüchtige Vogelscheuche, ein Stilbruch zur perfekten Fassade mit der hochglanzlackierten Haustür.

Ich setze mich in ein Café direkt gegenüber von Nummer 31 und behalte die sonnengelbe Haustür im Auge, für den Fall, dass sich der vorletzte Patient des Tages auf die Straße verirren sollte. Oder seine Frau.

Ich habe zwei Espresso getrunken und auch schon fast den *Spiegel* durch, als sich die Tür von Nummer 31 öffnet. Der vorletzte Patient des Tages tritt heraus, und zwei Frauen folgen ihm; die graue, die ihn ins Krankenhaus begleitet hat, und die andere, die die Blumen auf der ersten Etage gegossen hat. Sie blickt von rechts nach links, von links nach rechts, als müsste man in dieser abgeriegelten Fußgängerzone auf ein Auto in voller Fahrt gefasst sein.

Die graue Frau starrt auf die Straße, als würden sich die Platten auf dem Trottoir gegen sie aufrichten. Der vorletzte Patient hingegen stolziert erhabenen Hauptes in das Café direkt neben meinem: Hier bin ich, meine Damen und Herren! Und seine Frauen folgen ihm, als seien sie dazu verurteilt worden. Hätte ich sie nicht hintereinander aus der Tür von Nummer 31 treten sehen, wäre mir nicht im Traum eingefallen, dass sie zusammengehören, geschweige denn, dass sie eine Familie bilden. Eltern und Tochter.

Ein Kellner eilt herbei und grüßt unterwürfig. Das Familienoberhaupt lässt sich ebenfalls zu einem Gruß herab und legt die behaarte Pranke gönnerhaft auf die Schulter des Kellners. Der signalisiert mit seiner Gestik, dass die Gäste Platz nehmen dürfen, wo immer es ihnen beliebt. Und das Familienoberhaupt geht entschlossenen Schrittes zu dem Tisch seiner Wahl, die Frauen halten sich in gebührendem Abstand. Er stellt sich wie der Leiter eines Sondereinsatzkommandos an diesen Tisch und bedeutet den Frauen, jeder mit einem gesonderten Kopfnicken, ihm zu diesem Tisch zu folgen. Er setzt sich, und sie gehen zögernd auf ihn zu, blicken sich aber verstohlen um, als hätten sie möglicherweise etwas falsch gemacht – als müssten sie auf eine Zurechtweisung gefasst sein.

Anscheinend ist Mutter und Tochter diesmal kein Fehler unterlaufen, das Familienoberhaupt reicht ihnen zwei Speisekarten und geriert sich jovial. Und das anbiedernde Lächeln breitet sich in seinem Gesicht aus, während er für seine Tischgenossinnen die Karte durchgeht, er klopft seiner Tochter auf die Schulter und weist sie auf dieses und jenes hin. Sein Gehabe lässt sich nur so auslegen, dass er in eine andere und bessere Gesellschaft gehört. Im Augenblick muss man sich jedoch mit dieser begnügen. Und dazu passt es, dass man sich so gibt, als sei man mit seinen Gedanken ganz woanders, er trommelt mit den haarigen Fingern auf die Tischkante und misst ab und zu seine Umgebung mit Blicken, als wolle er sie benoten.

Ich beobachte die Tochter, die an der Speisekarte herumfingert. Ich kenne diese Frau, und zwar von früher. Ich beobachte sie kalt und klar und weiß, dass wir uns schon einmal begegnet sind, aber ich weiß nicht mehr, in welchem früheren Leben das war. Auf irgendeiner Krankenhausstation, als ich noch in der Ausbildung war?

Der Kellner kommt an den Tisch und erkundigt sich offensichtlich danach, wie der Herr Gast sich fühlt, wie es ihm geht. Der Herr schlägt sich auf die Brust, schüttelt kummervoll den Kopf, und der Kellner tut es ihm nach und schüttelt mitfühlend den Kopf. Dann wird der Kellner weggeschickt, denn die Herrschaften sind noch nicht bereit zu bestellen.

Es ist offensichtlich ein schwieriges Unterfangen für Mutter und Tochter, auf der Karte etwas Passendes zu finden. Unentschlossenheit und Hin und Her am Tisch. Das Familienoberhaupt liest jetzt ausgewählte Passagen laut vor, so als seien die Frauen nicht imstande zu lesen, möglicherweise auch blind oder so fremd, dass sie kein Deutsch verstehen. Die Jüngere scheint sich endlich entschieden zu haben, doch das Familienoberhaupt findet das unmaßgeblich und hat seine eigene Meinung darüber, was sie bestellen sollte. Die Tochter entscheidet sich so schnell wie möglich um und stimmt seinem Vorschlag zu.

Als die Herrschaften die Karten weglegen, kommt der Kellner geschmeidig und eilfertig wieder zum Tisch, und das Familienoberhaupt gibt laut und deutlich kund, was die Herrschaften zu speisen wünschen. Jetzt sehe ich ihn in einem Gerichtssaal vor mir, wie er in anklagendem Ton das Urteil verkündet. Er würde es aber nicht bei der Urteilsverkündung belassen, er würde auch noch nach dem bereits am Boden Liegenden treten und den schauderhaften Charakter und die Fehltritte des Verurteilten ins Rampenlicht ziehen.

Das Bestellte kommt in Rekordschnelle. Das Familienoberhaupt rückt Tassen, Teller und Besteck mit chirurgischer Präzision auf dem Tisch zurecht. Wird er seine Frauen womöglich auch noch füttern?

Ein Bekannter tritt an den Tisch, grüßt den Herrn und erkundigt sich nach seiner Gesundheit, und ich höre quasi den Nachhall seiner Worte: *Warum ich?* Der Bekannte sieht ihn voller Mitgefühl an. Der Kranke wechselt das Thema, er plaudert freundlich und lächelt dabei übers ganze Gesicht.

In das tote Antlitz der Tochter kommt Leben. Sie sieht ihren Vater an wie einen unbekannten Menschen, der ihr nicht gefällt. Dann steht sie auf, verkündet laut und deutlich: *Würdet ihr mich bitte entschuldigen*, und macht sich auf den Weg zur Toilette. Mit einem Kopfnicken schickt der Mann seine Ehefrau hinter ihr her. Die Frau springt auf und folgt der Tochter. Ein Gang zur Toilette zur Unzeit, mitten beim Kaffeetrinken. Ein respektlos behandeltes Familienoberhaupt bleibt allein am Tisch zurück.

Jetzt unterhält sich der Geplagte in leisem, vertraulichem Ton mit seinem Bekannten. Dann schüttelt er den

Kopf und erklärt mit Stentorstimme: *Meinen Glauben an Psychiater habe ich vollständig verloren.*

Alle Köpfe im Café drehen sich bei dieser Erklärung zu ihm um. Der Bekannte tritt einen Schritt zurück und verabschiedet sich verlegen. Er geht weiter, und die Köpfe im Café wenden sich wieder ihren Tellern zu. Der Mann, der seinen Glauben an Psychiater vollständig verloren hat, blickt scharf auf sein Stück Torte mit der Sahnehaube und verleibt es sich zielstrebig ein. Er genehmigt sich zwischendurch kleine Schlückchen Kaffee und stellt jedesmal die Tasse akkurat auf die Untertasse zurück.

Ein Mann mit Manieren. Ein unerhört penibler Mann mit Benimm, würden Martin und ich sagen, und wir könnten uns darüber amüsieren, ihn so richtig unter die Lupe und auseinanderzunehmen.

Die Frauen kehren zurück und setzen sich auf eine Weise an den Tisch, als seien sie unwillkommen. Das Familienoberhaupt schaut sie streng an und macht ihnen Vorhaltungen. Seine Frau versucht sich zu entschuldigen, aber die Tochter steht auf und sagt ein weiteres Mal, und diesmal noch lauter: *Würdet ihr mich bitte entschuldigen.*

Der Vater setzt eine drohende Miene auf und befiehlt seiner Tochter, sich wieder zu setzen, aber sie geht, nickt zum Abschied würdevoll in alle Richtungen und überquert mit Abschiedsgrüßen in Ophelia-Manier die Straße: *Good night, sweet ladies, bye-bye, goody bye-bye, sweeties, bye, bye, bye,* bevor sie hinter der knallgelb lackierten Haustür von Nummer 31 verschwindet.

Der Mann steht hastig auf. Als seine Frau nicht schnell genug hochkommt, packt er sie beim Handgelenk und zwingt sie hoch, indem er es leicht verdreht. Sie verzieht keine Miene. Er beeilt sich mit dem Bezahlen, auf einmal ist der Kellner in Ungnade gefallen, weil er nicht schnell genug reagiert hat.

Das Fenster in der ersten Etage von Nummer 31 öffnet sich, die Sonne scheint der Tochter ins Gesicht, sie triumphiert geradezu, und sie pflückt die roten Geranien von den Stängeln, streut sie auf den Bürgersteig und lächelt. Es sind die Relikte eines schönen Lächelns, eines Gesichts, das einmal war, das Antlitz eines Mädchens, das einmal war, eines Menschen, der einmal war.

Der Mann überquert schnell, aber soldatisch gemessen die Straße, und droht mit geballter Faust zum Fenster hinauf. Seine Frau eilt hinter ihm her, sie humpelt. Hat er sie unter dem Tisch gegen das Schienbein getreten? Oder hat sie auch vorher schon gehinkt, ohne dass ich es bemerkt habe?

Eine junge Frau räumt den Tisch ab, sieht die Teller mit zwei nur halb gegessenen Tortenstücken und blickt zum Fenster in der ersten Etage gegenüber. Schüttelt langsam den Kopf. Die Sonne scheint auf die Frau im Fenster, die ein rostiges Lachen ausstößt, wie eine Puppe, die nur einen Laut von sich geben kann.

Mir wird so kalt, als wäre unversehens eine Sonnenfinsternis eingetreten, ich ziehe meine Wildlederjacke an und knöpfe sie bis zum Hals zu. Dadurch wird mir aber nicht wärmer, und auch die Sonne steht immer noch unverfinstert an Ort und Stelle, sogar die Blätter der Linde zwischen Nummer 31 und 33 glänzen.

Und der Schatten einer Frau mit rostigem Lachen wie aus einer leeren Tonne heraus ist nicht immer ein Schatten gewesen. Irgendwann einmal war sie ein Mädchen aus Fleisch und Blut, und an guten Tagen konnte sie sogar froh sein, dann band sie ihr Haar oben auf dem Kopf zusammen und fand es schön, als ich es mit einem Wasserfall verglich.

Im Kopf des Mannes mit dem stählernen Gedächtnis reihen sich plötzlich die Erinnerungen mit Lichtgeschwindigkeit aneinander. Der Krankenbericht ist für ihn wie ein aufgeschlagenes Buch, Seite für Seite, Wort für Wort. Trotzdem duldet es keinen Verzug, er muss ihn unverzüglich wieder in die Hände bekommen, um ihn ein weiteres Mal von vorne bis hinten zu lesen.

Es konnte kein Irrtum sein, es war die junge Frau mit dem rotblonden Haar und dem ausgefallenen Nachnamen. Ich wusste kaum etwas über sie, sie war auch nur noch wenige Tage auf der Station, nachdem ich dort angefangen hatte. Ich habe mich aber einmal mit ihr unterhalten, und auch wenn ich mir dieses Gespräch seitdem nie wieder in Erinnerung gerufen habe, ist es mir jetzt mit allen darin enthaltenen Untertönen so vertraut, als würde ich ein Band abhören.

Was sind sämtliche Tumore der Welt im Vergleich zu dem abgrundtiefen Leiden eines achtzehnjährigen Mädchens, das sterben will, und zwar sofort? Nicht leben kann. Sich wünschen würde, nie geboren worden zu sein.

Aber sie war geboren worden, und ihr wurde nicht gestattet, ein für alle Mal zu sterben, wie sie es sich wünschte, sondern sie musste Woche für Woche, Monat für Monat, Jahr für Jahr weitersterben. Wie lange kann sie noch sterben: wie viele Wochen, Monate, Jahre?

Ich stecke den Krankenbericht der jungen Frau mit dem besonderen Familiennamen in die Tasche. Ich beobachte mich, als sei ich ein Außenstehender, ein Schauspieler in einem Film. Worauf läuft dieser Film hinaus? Wohin führt er mich? Ein vierunddreißigjähriger Arzt mit einem entwendeten Krankenbericht in der Tasche. Ein Krankenbericht, den er auf jeden Fall zurückbringen muss, bevor er zu Taten schreitet. Falls er zu Taten schreitet.

Ein entwendeter Krankenbericht in meiner Mappe. Und ein Abschiedsbrief in meiner Brusttasche.

Die Idee zu einem Abschiedsbrief habe ich von Martin. (Wie gut, wenn man sich nicht damit aufhalten muss, etwas niederzuschreiben, wenn man keine Zeit mehr zu verlieren hat.) Er vertraute mir an, dass er immer einen Abschiedsbrief an seine Tante Agathe in Antibes bei sich trug, der Umschlag war adressiert und frankiert, damit sie erfuhr, ob er lebte oder tot war. (Er war sogar so vorausschauend gewesen, statt der französischen eine deutsche Marke auf den Brief zu kleben, nachdem er auf seinem langen Gang die Grenze nach Deutschland überschritten hatte.) In einem Leben wie seinem konnte man nie wissen, ob man es von einem Tag zum anderen schaffte. Und jetzt habe ich mit Martin dem Landstreicher gleichgezogen. Ein Mann mit einem Abschiedsbrief in der Tasche.

Bereit, Verrat an Petra zu begehen. Von Anfang an. Betrug auf den ersten Blick. Und bereit, den Betrug entschlossen fortzusetzen, nachdem ich sie gefunden und auf den ersten Blick in ihr meine Frau gesehen hatte.

DAS HALBJÄHRIGE JUBILÄUM von Petra und mir fiel auf den Tag, an dem Martin zur Chemotherapie antrat. Ich war schon auf dem Parkplatz, auf dem Weg nach Hause, um mit Petra und Champagner darauf anzustoßen, aber irgendetwas zwang mich zu einem Umweg, ich musste noch bei Martin auf der Station vorbeischauen.

Mein Patient hielt sich gut, erklärte aber, dass er sich seltsam fühlte. Dass seine Haut, bereits zehn Minuten nachdem ihm die Infusion verabreicht worden war, die gelbliche Färbung eines Toten angenommen hatte.

Böses ist nur mit Bösem auszutreiben, sagte ich.

Und glaubst du wirklich, dass es gelingen wird?

Das glaube ich auf jeden Fall, aber es gibt natürlich keine hundertprozentige Gewissheit.

Aber dann würde man sich dieser verfluchten Therapie nur unterziehen, um nachher trotzdem zu sterben?

Da wärst du nicht der Einzige.

Soll das vielleicht ein Trost sein?

Ob es ein Trost ist, weiß ich nicht. Aber zumindest ein Faktum. Wie fühlst du dich hier im Krankenhaus?

Die Leute hier auf der Station sind unglaublich nett, sie können sich sogar über mein Deutsch amüsieren. Und sie bringen sehr viel Geduld für mein Geplapper auf.

Im Grunde bräuchtest du einen Dolmetscher, der immer telefonisch erreichbar wäre.

Einen Dolmetscher?

Ja, genau das habe ich gesagt, einen Dolmetscher. Was dein Befinden betrifft, darf es keinerlei Missverständnisse geben, denn die könnten dich teuer zu stehen kommen. Glaubst du vielleicht, dass es eine Selbstverständlichkeit ist, in einer fremden Sprache krank zu sein?

Martin sah mich an, als sei ich nicht ganz bei Trost, und erwiderte:

Ein Mann wie ich, der praktisch seit zehn Jahren in keinem anständigen Bett gepennt hat, ist entschlossen, dieses Luxusbett hier für den Augenblick als die Hauptsache zu betrachten. Und nebenbei interessiere ich mich auch für Tierfilme im Fernsehen. Ein Elefant wiegt bei der Geburt hundert Kilo, das habe ich gestern gesehen. Hatte ich total vergessen.

Und wie ist das Essen?

Du machst dir natürlich Gedanken darüber, ob die Gastronomie in einem deutschen Krankenhaus einen Franzosen umbringen kann, wenn nicht etwas anderes ihn vorher umbringt.

Deswegen frage ich.

Das Essen ist ganz okay – sogar mehr als das.

Hast du einen Wunsch, kann ich dir irgendwas mitbringen?

Wenn irgendwas, dann *Le Monde*. Ich habe manchmal halbe Tage in einer Bibliothek verbracht und *Le Monde* gelesen.

Auf einmal wurde mir bewusst, dass ich auf Martins Bett saß, das tue ich normalerweise nicht bei Patienten. Wir sahen uns schweigend in die Augen, und dann fragte ich: Du wolltest dich vollkommen zerstören, nicht wahr?

Vielleicht sollte ich ein Buch über einen langfristigen missglückten Selbstmord schreiben. Meine Erfahrungen in dieser Hinsicht sind vielleicht sogar einmalig. Egal wie ich es anstellte, ich wurde immer gerettet. Irgendwann habe ich mich mal hinter Mülltonnen versteckt und zum Schlafen gelegt, mit einem Stück Pappe unter mir und auf mir, was einem bei minus sieben Grad wenig nützt. Ich wusste sehr wohl, was ich tat. Und natürlich bekam ich wie geplant eine Lungenentzündung. Aber ob du's mir glaubst oder nicht, irgendein verdammter Müllmann hat die Polizei verständigt, die hat mich da aufgegabelt und den Rettungsdienst angefordert, und die brachten mich dann mit großem Trara ins Krankenhaus, in einem tollen Rettungswagen, außen stand «Reanimation» dran. Was in meinem Fall die reinste Verschwendung war. Ich hatte vorher noch ein paar andere Versuche gemacht, aber mit diesem kam ich dem Ziel am nächsten. Und als sich dann der Tumor breitmachte, war mir so elend zumute, dass ich einfach nur irgendwelche potenten Schmerzmittel verschrieben haben wollte, in der nächstbesten Arztpraxis. Und die war in Treptow, der Mann war Rheumatologe. Aber genug davon, ich bin ja jetzt in den Händen von Siegfried dem Tumortöter gelandet, dem Unbesiegbaren.

Woher kommt dieser Drang zur Selbstzerstörung?

Wenn wir noch weiter in Verbindung bleiben wollen, dann stell mir bitte nicht solche Fragen.

Aber du kennst den Grund dafür?

Danke, das reicht für heute, sagte Martin und drehte sich zur Wand.

Mein Lieber, jetzt hör mir mal zu, sagte ich und stand auf. Du wirst es mir nicht krummnehmen, du bist lange genug in Berlin, um zu wissen, dass wir es gut meinen, auch wenn wir nicht immer die besten Manieren haben.

Martin lachte ein kaltes Lachen und sagte: Gute Manieren sind keineswegs eine Garantie dafür, dass die Menschen tatsächlich manierlich sind.

Siehe Hannibal Lecter.

Kannibalismus kann mir schnurzegal sein. Das sind doch nur Kinkerlitzchen im Vergleich zu den Verbrechen, die anderen angeblichen Menschen in ihren teuflischen Sinn kommen.

Ich schrieb meine Handynummer auf ein Blatt, legte es auf seinen Nachttisch und stellte das Wasserglas darauf.

Hier hast du meine Handynummer, sagte ich. Tu mir den Gefallen und ruf mich an, wenn irgendetwas ist.

Ich danke dir, sagte Martin, und ich glaubte, ein ersticktes Schluchzen in seiner Stimme zu hören. Aber das überspielte er schnell wieder, indem er sich mir zuwandte, mit seinem verschmitztesten Lächeln.

AUF DEM NACHHAUSEWEG fühlte ich mich beklommen. Ein bleierner Druck auf der Brust. Wieso? Lag es an dem Gespräch mit Martin?

Nichts hatte mir und der schäumenden Gelben Witwe, die gut gekühlt im Kühlschrank wartete, dazwischenkommen sollen. Ich hatte mir vorgenommen, Petra zu überraschen und unser Halbjahrsjubiläum zu feiern. Aber zu dieser Feier war ich nicht mehr imstande. Da war etwas, was ich mit ihr bereden musste, und es war nichts Angenehmes. Es durfte nicht aufgeschoben werden, und zu diesem Gespräch passte kein Champagner, deswegen musste ich jetzt noch zu meinem Weinhändler, um Rotwein zu besorgen. Ebenso Käse, Kekse und Oliven, als Ersatz für Forellenkaviar und Blinis, die ich bereits zum Champagner gekauft hatte.

Was hatte mich in diese Stimmung versetzt? Weshalb

musste ich mir ausgerechnet jetzt etwas von der Seele reden und damit unsere Jubiläumsfeier kaputtmachen? War es der altvertraute Selbstzerstörungtrieb? Was hatte diesem Trieb ausgerechnet jetzt wieder freien Lauf gelassen, genau in diesem Moment, als ich im Begriff war, meiner innig geliebten Herzensliebsten zu beweisen, wie froh und glücklich ich darüber bin, sie vor einem halben Jahr in der Ankerklause gefunden zu haben, und wie geschickt ich darin bin, mit Überraschungen aufzuwarten.

Kannibalismus … schnurzegal … *Kinkerlitzchen im Vergleich zu den Verbrechen, die anderen Menschen in ihren teuflischen Sinn kommen.* Waren es die KINKERLITZCHEN, die mich so durcheinanderbrachten, dass ich keinen Tag länger leben wollte, ohne Petra die Wahrheit zu sagen?

Die Wahrheit, ja. Aber nicht die ganze. Wenn ich das täte, würde sie in mir nicht mehr ihren Mann sehen, sondern einen kleinen Jungen, der jeden Tag von der Schule nach Hause geht und einen Umweg macht, in den großen Park, wo ein Mann mit einem feuerroten Jojo lauert. Der Mann fängt das Jojo und lässt es los, fängt es und lässt es los, und er sieht mich an, lächelt freundlich und winkt mich zu sich. Er sitzt da an dem Bach mit dem Wasserfall, fängt und lässt los, lässt los und fängt, und an seinem Zeigefinger ist ein dunkles Muttermal. Er winkt mich wieder zu sich, lächelt noch breiter, und ich war gerade auf dem Weg zum Bach und wollte mir Schuhe und Strümpfe ausziehen, um meine Zehen ins Wasser zu tauchen.

Und dieser spaßige Kerl streckt mir sein Jojo hin, er fabriziert sogar in seiner Garage selber Jojos, und wenn ich erst dort bin, darf ich mir ein gelbes oder rotes oder grünes oder blaues Jojo aussuchen, ich möchte ein rotes haben.

Auch wenn ich keine Kinder in meiner Nähe haben will und nicht mit ihnen reden mag und sie nicht berühren will, ist es doch schon vorgekommen, dass ich sie unter günstigen Umständen, beispielsweise einige Male im Brachvogel, beim Spielen beobachtet habe. Einige von ihnen waren lustig wackelnde Pummelchen zwischen zwei und drei Jahren, und ich sah, wie erfinderisch sie bei ihren Spielen sind, und wie sie sowohl grausam als auch süß sein können, unschuldig und arglistig zugleich. Wer sich ein Kind entgehen lässt, dem entgeht viel. Nie habe ich Mikkis kleine Schwester Petra vergessen, der ich über die kohlschwarzen Haare streichen durfte, und sie gab mir einen Kuss auf die Wange und erklärte, dass sie mich heiraten würde, wenn sie groß wäre, und ich sagte, ja, das machen wir sofort, wenn wir groß sind. Und ich werde auch nie zu wissen bekommen, ob es der anderen Petra, meiner Petra, im Grunde genommen reichte, dass sie sich in ihrem Zuhause mit der geisteskranken Mutter um den kleinen Bruder hatte kümmern müssen und deswegen froh war, keine eigenen Kinder zu haben, oder ob sie mit mir nur ein halbes Leben lebt, weil die Kinder fehlen. Morgens werfe ich heimlich einen Blick in ihre Kulturtasche, um zu kontrollieren, dass sie ganz bestimmt die Pille genommen hat. Das einzige Mal, als sie es vergaß, saß ich den ganzen Tag wie auf heißen Kohlen, ob ich sie anrufen und daran erinnern sollte. Aber was konnte ich als Grund dafür anführen, dass ich in ihren Sachen herumgeschnüffelt hatte, wieso hatte ich in ihrer Kulturtasche mit Kosmetika und Nachtcreme herumgekramt? Als ich abends noch einmal nachschaute, hatte sie diesen Lapsus korrigiert.

Die gute, nicht sündhaft teure Flasche Bordeaux gab es immer noch bei dem Weinhändler in der Nähe des Krankenhauses, und ich machte mir auch die Mühe, in die Galeries Lafayettes zu fahren und drei Sorten Käse zu kaufen, die Martin mir ans Herz gelegt hatte.

Im gleichen Augenblick, als ich zur Tür hereinkam, sah Petra, dass ich nicht so war, wie ich sein sollte. Sie ist nicht nur intelligenter als ich, sie verfügt außerdem über eine Art von Radarblick und weiß sofort, wie es Menschen geht. Und irgendwie ist sie imstande, mit ihrer Hypersensibilität so gut umzugehen, dass es nicht erdrückend wirkt. Irgendjemand hat gesagt, dass Intelligenz vor allem auf Feinfühligkeit beruht, und seit ich mit Petra zusammenlebe, kann ich dem nur zustimmen.

Ich hatte selbstverständlich die Flasche mit dem gleichen edlen Wein wie das letzte Mal geöffnet. So weit stimmte alles.

Feiern wir jetzt ein halbes Jahr?, fragte Petra.

Und ob, entgegnete ich. Aber ich muss auch über etwas Ernstes mit dir reden. Ich hatte heute plötzlich das Gefühl, es duldet keinen Aufschub.

Prost, sagte Petra, und Glückwunsch zum halben Jahr. Ich freu mich schon auf die vollen Jahre, die wir feiern können.

Wir stießen miteinander an, und Petra küsste mich, wie nur sie es kann. Wie würden mich andere Sterbliche beneiden, wenn sie wüssten, mit was für einer Küsserin ich zusammenlebe. Vielleicht aber würden sie auch in Tränen ausbrechen, wenn sie wüssten, dass mein Herz sich nicht regt – obwohl der Verstand mir sagt, wie wunderbar innig dieser Kuss ist. Der Roboter ist so perfekt, dass selbst die hypersensible Petra mit ihrem siebten Sinn ihn nicht von einem lebenden Menschen unterscheiden kann. Meine entsetzlichsten Albträume drehen sich um den Moment, wenn Petra herausfindet, dass in meinen Adern kein Blut fließt, sondern irgendeine undefinierbare verdammte Roboterschmiere.

Petra löste sich aus der Umarmung des Roboters, blickte in meine anorganischen Augen und fragte: Was ist los?

Sehr schwierig, sagte ich. Ich muss dir etwas erklären, was mir auf der Seele liegt. Etwas Existenzielles, etwas Großes und Wichtiges.

Ich fürchte mich nicht vor seelischen Kümmernissen.

Ich weiß, dass du dich von nichts abschrecken lässt.

Eine Berufskrankheit, kommt wohl aus meiner Kindheit.

Ich konnte nicht anders, ich musste darüber lachen, was Petra so alles einfällt. Aber das Lachen verging mir schnell, denn ich wusste nicht, wie in aller Welt ich jetzt weitermachen sollte mit den Bekenntnissen eines geistig Verwirrten, der sich den Anschein geben wollte, als sei alles in Ordnung bei ihm. Das war natürlich gar nicht möglich gegenüber einer in Sachen Geistesgestörtheit derartig versierten Person wie Petra.

Sie half mir: Bitte sprich einfach weiter. Erzähl es mir, was auch immer. Dafür bin ich da.

Es ist nicht zuletzt deswegen schwierig, weil es auch irgendwie lächerlich ist. Aber wenn du das, was ich dir sagen möchte, aus dem Wissen heraus betrachten kannst, dass ich dich liebe und dass ich mit dir sein will, bis ich abkratze …

… ja, oder ich, unterbrach sie mich.

Um Gottes willen, nein, sagte ich. Wie gesagt, bis ich abkratze.

Mach weiter, sagte Petra.

Es geht darum, dass ich kein ganz gewöhnliches oder normales Exemplar Mensch bin, sagte ich.

Das ist mir nicht neu, sagte Petra. Für dich spielt es vielleicht eine Rolle, aber für mich nicht.

Warte erst einmal ab. Ich muss dir etwas sagen, was dir große Enttäuschung bereiten und vielleicht sogar alles kaputtmachen kann. Es hat mich vom ersten Tag an gequält, ob ich dir gleich davon erzählen sollte, aber ich habe es nicht geschafft. Du hättest womöglich sofort alles bereut. Aber jetzt darf ich nicht länger schweigen, du bist schließlich noch immer nicht geflohen.

Petra sah mich nicht verwundert an, sondern eher so, als wüsste sie bereits, was ich ihr sagen wollte, und wartete nur auf die Bestätigung. Sie erlaubte mir, zu schweigen und mich zusammenzureißen.

Ich tastete mich vorsichtig weiter: Es ist irgendwie auch lächerlich, aber nur einerseits. Ja, höchstens einerseits.

Petra sah mich immer noch geduldig an, während ich einen Versuch machte, mich aufzuraffen und es auszuspucken.

Wie gesagt, ich möchte den Rest meines Lebens mit dir verbringen.

Das beruht auf Gegenseitigkeit, das weißt du.

Vielleicht hört es mit der Gegenseitigkeit aber auf, wenn ich dir etwas über mich erzähle, was schon lange feststeht und sich nicht ändern wird.

Was denn?, fragte Petra seelenruhig.

Ich kann mir nicht vorstellen, Kinder zu bekommen.

Richtig, das sollte ich natürlich wissen.

Hätte ich es dir schon früher sagen sollen?

Du hast es mir doch jetzt gesagt, mach dir keine Gedanken.

Aber wie stehst du dazu?

Ganz allgemein gesehen steht es ja keineswegs fest, ob du überhaupt ein Kind bekommen könntest, selbst wenn du wolltest. Oder ich. Es gibt so viele Menschen, die keine Kinder bekommen können.

Willst du mir damit sagen, du findest das selbstverständlich?

Was soll ich denn sonst tun?

Solltest du nicht dich fragen, ob du ein Kind haben möchtest?

Es ist keineswegs sicher, dass ich je den Wunsch verspürt habe. Und die Hauptsache ist, dass ich jetzt überhaupt nicht mehr darüber nachdenken muss. Ich möchte mit dir zusammen sein, bis dass der Tod uns scheidet, und wenn in dieser Pauschale kein Kind enthalten ist, dann ist es eben so.

Ich begreife nicht, wie du so darauf reagieren kannst.

Es geht doch nicht um mich, sondern um dich. Du hast mir jetzt gesagt, wie du bist. Darum geht es. Ich nehme dich ernst, du bist eben, wie du bist, und du willst kein Kind in die Welt setzen. Ich möchte trotzdem mit dir zusammen sein, so viel steht fest, und zwar mit dir, so wie du bist. Ich könnte nicht mit jemandem zusammen sein, der nicht ist, wie er ist. Du hast für mich Priorität, mit Haut und Haar. Kind oder nicht Kind, es wird einfach so sein. Es ist nicht kompliziert, man muss nur Prioritäten setzen können.

Und was ist mit dir und deinen Gefühlen? Und deiner Lebenserfüllung?

Du bist die Erfüllung meines Lebens. Und denk bitte daran, ich hätte mir von mir aus nicht unbedingt ein Kind gewünscht. Und jetzt brauche ich auch nicht mehr darüber nachzudenken. So spart man Energie.

Aber was ist in zehn Jahren, wenn die biologische Zeit dafür abläuft?

Ich kann nicht zehn Jahre in die Zukunft blicken. Das sind Sorgen von morgen oder übermorgen. Und dann ist noch weniger Platz für ein Kind. Ein Kind braucht Platz. Es ist schlimm, wenn Leute Kinder bekommen und keinen Platz für sie haben, weder im Herzen noch auf ihrem Zeitplan. Wahrscheinlich reicht es mir fürs Leben, dass ich mich um meinen kleinen Bruder Tertius wie eine Mutter kümmern musste. Ein Mensch, der aufgewachsen ist wie ich, hat kein wirkliches Bedürfnis mehr nach Kindern.

Das hast du nie gesagt.

Es hat bislang noch keinen Anlass dazu gegeben. Ich danke dir, dass du die Initiative ergriffen hast. Und wenn ich ehrlich sein soll, dann bin ich fast froh darüber, dass eine Entscheidung für mich getroffen wurde.

Das ist doch keine Entscheidung, es ist eine Anmaßung.

Ich kenne dich gut genug, um zu wissen, dass du das nicht einfach so zum Spaß sagst, und ich kenne dich auch gut genug, um zu wissen, dass du deine Meinung nicht ändern wirst.

Das stimmt allerdings.

Also weiß ich, woran ich bin. Man kann sich sehr sicher fühlen, wenn ein Mann seine Grundsätze klarlegt. Nicht viele Menschen sind so privilegiert zu wissen, wo der Partner steht.

Das weißt du jetzt zumindest.

Das schon, ja. Aber wozu hast du eine Gelbe Witwe kalt gestellt? Wo bist du, wenn die Reihe an ihr ist?

Ich wollte auf unser halbes Jahr anstoßen. Aber angesichts dessen, was ich dir sagen musste, fand ich ein Getränk für frohe Feste unpassend.

Ich mache einen Vorschlag, sagte Petra und drückte den Rotweinkorken auf die Flasche. Der hier kann noch warten. Lass uns unbedingt mit Champagner darauf anstoßen, dass wir für den Rest unseres Lebens von vollgeschissenen Windeln und Kindergeschrei verschont bleiben. Ist das kein Grund zum Feiern? Überleg doch mal, wie viele Gelbe Witwen wir unserem Leben hinzufügen können!

Du hast recht, sagte ich, sprang auf und bereitete die Champagnerfeier mit Blinis und Forellenkaviar vor. Danach ging ich ins Bad, obwohl ich dort nichts anderes vorhatte, als die Klospülung zu betätigen und den Hahn im Waschbecken aufzudrehen, dessen Wasser sich mit meinen salzigen Tränen vermischte.

ERLEICHTERT PARKE ICH DEN WAGEN außerhalb des Krankenhausgeländes. Endlich in Sicherheit. Es hätte womöglich passieren können, dass man mich im Auto behelligt. Eine ratlose Sekretärin, ein verzweifelter Patient.

Meine Tasche mit dem Krankenbericht eines rotblonden Mädchens liegt neben mir auf dem Beifahrersitz. Soll ich das wirklich von mir glauben?

Wahrscheinlich passieren gewisse Dinge eben auf diese Weise. Man beginnt damit, etwas völlig Verrücktes zu tun, so wie eine Patientenakte aus der Psychiatrie zu stehlen, und wenn man diese Schwelle überschritten hat, wird man auch höhere und andere Schwellen übersteigen können. Schwer zu sagen, wo ein Hindernislauf dieser Art enden kann.

Die Begründung für die Aktion ist ähnlich hieb- und stichfest wie bei einem gewieften Ganoven. Ich konnte all diese Seiten nicht in der Psychiatrie lesen. Weshalb habe ich dann nicht einfach das Original auf meiner Station heimlich fotokopiert und es anschließend wieder zurückgebracht? Die Wahrheit ist, dass ich heute einfach keine Kraft zum Fotokopieren mehr hatte. Wie gesagt, ein hieb- und stichfester Grund dafür, den Krankenbericht einfach mit ins Auto zu nehmen. Solange sich die Unterlagen noch in der Nähe des Krankenhauses befinden, ist es ja wohl kaum ein Veruntreuungsdelikt, oder? Und dann fährt man eben zum Tor hinaus und tut so, als wüsste man nicht, wo man ist.

Ein Problem ist allerdings noch ungeklärt, nämlich wann und wo man den entwendeten Krankenbericht lesen soll. Ich möchte mir für jede Aussage viel Zeit nehmen, auch wenn ich schon vorher weiß, was drinsteht. Im Augenblick fehlt mir aber die Ruhe zum Lesen, und Zeit habe ich auch nicht, denn ich muss mich so langsam auf den Weg nach Hause zu meiner Petra machen.

Unangenehm, einen vertraulichen Bericht entwendet zu haben. Unredlich. Unseriös. Und was ist, wenn Petra wider Erwarten einen Blick in meine Tasche wirft und diese Akte findet? Sie wüsste auf der Stelle, dass sich ihr

Mann, der Arzt, in einen Fall verwandelt hätte. Als Krankenschwester nimmt sie ihre Schweigepflicht so ernst, dass es eine Seltenheit ist, wenn sie etwas aus der Arbeit erzählt, und Namen nennt sie nie.

Jetzt rufe ich Petra an und melde mich zu Rosé und Käsebällchen an. Sie freut sich darüber und sagt, dass wir immer noch auf dem Balkon sitzen können, wenn wir uns einen Pullover anziehen, und wir sollten uns doch endlich einen Heizstrahler für draußen anschaffen.

Nicht vergessen: die Aktentasche im Auto lassen, um ganz sicherzugehen, dass Petra nicht auf eine unredlich erworbene Akte stößt, falls sie aus irgendeinem Grunde einen Blick in meine Tasche werfen sollte.

IN EINEM WINKEL meiner Seele freue ich mich darauf, mich zu Petra auf den Balkon zu setzen und in die rasch grünenden Zwillingsbäume zu sehen, die die Gräber von Herrn Luft und Frau Sommer vor Wettern sämtlicher Jahreszeiten schützen; vor Sonne, Schnee und Winden, und mich mit Petra darüber zu freuen, dass der Frühling seinen Einzug gehalten hat, auch wenn dieser Frühlingstag schon schon fast seinem Ende zugeht. Es wird genug Zeit zum Lesen geben, wenn meine Petra sich schlafen gelegt hat, genug Zeit, um allein mit mir zu sein und eine Akte aus der Psychiatrie über eine ehemals rotblonde junge Frau zu lesen, die inzwischen nur noch ein Schatten ihrer selbst ist und aus dem ersten Stock Blumen auf den Bürgersteig streut und mit rostiger Stimme einer strahlenden Sonne zulacht.

Petra hat keine Ahnung, dass wir nur einen Steinwurf entfernt von den Eltern leben, die mich von dort droben aus adoptierten, dem Luftmann und der Sommerfrau. Diese unglaublich lieben Menschen waren auf der Erde nicht verheiratet gewesen, hatten sich aber an einem anderen und besseren Ort getroffen und einen Jungen angenommen, dem es entsetzlich schlechtging, ohne dass jemand davon Notiz nahm. Dieser Junge, der da unten auf der Erde Montag hieß, und über ihr Sommerluft. Nicht Martin, sondern Mikki. Sommerluft. Mikki Sommerluft.

Dieser Junge kommt eines schönen Tages aus der Schule und trifft im Park mit dem kleinen schrägen Wasserfall auf einen Mann mit einem feuerroten Jojo, und seitdem kommt er jeden Tag aus der Schule. Ihm ist es verwehrt, sich so wie andere Menschen von seiner Kindheit zu verabschieden, er bleibt in dem Tag stecken, an dem er aus der Schule kam, und deswegen wird er nie erwachsen werden, er verharrt in der Pfadfinderphase. Am richtigen Ort, in der Stadt, die nach einer von Martins endlosen Reden eine *Stadt der Leiden* ist:

HIER FÜHLTE ICH MICH vom ersten Moment an gut aufgehoben. Berlin ist ein Mekka für Außenseiter, hier ist man sofort integriert. In gewissem Sinne ist Paris, diese glanzvolle, sakrosankte und unzerstörte Stadt, nicht für das Leben von Clochards und anderen bemitleidenswerten Gestalten geeignet. Irgendwie stören Obdachlose den Liebreiz dieser Stadt, die von keinen Schrecken heimgesucht wurde, die diese Bezeichnung wirklich verdienen.

Meistens ließ ich meinen Freund seine längeren Monologe halten und genoss es, ihm zuzuhören, aber an dieser Stelle musste ich ernsthafte Einwände machen.

Hallo, mein Lieber, ist bei dir da oben noch alles in Ordnung, was meinst du denn damit, dass unsere Lieblingsstadt nie von Schrecken heimgesucht wurde? Sind nicht die Juden in Scharen von Paris aus in den Tod abtransportiert worden? Und zwar in unfassbarer Zusammenarbeit mit den Einwohnern von Paris? Strömte dort während der Revolution kein Blut über Straßen und Plätze?

Die Revolution zählt nicht mehr mit, das ist viel zu lange her. Und ich will auf keinen Fall die Deportationen bagatellisieren oder die Tatsache, dass es Franzosen gab, die zur Kollaboration bereit waren. Es hat sie gegeben. Denk aber auch daran, dass die Résistance eine der smartesten Widerstandsbewegungen war, die je erfunden wurden. Es gab also nicht nur Memmen, sondern auch Helden, ja, Helden!

Du weißt, dass ich eine Schwäche für Frankreich habe, du brauchst keine Überzeugungsarbeit zu leisten.

Ich rede über eine heile und unzerstörte großartige Stadt im Gegensatz zu einer zerbombten Stadt. Berge von Trümmern, hungernde Menschen, unbeschreibliches Leid. Das Leid von alten Menschen, von Kranken, von Verwundeten, Kindern. Zwei Millionen Frauen wurden vergewaltigt.

Es wäre unverantwortlich geschmacklos, über die Situation in Berlin während des Zweiten Weltkriegs einen Unterhaltungsfilm zu drehen. Dagegen könnte man aus französischen Filmen fast den Eindruck gewinnen, dass Paris sich durch die Kriegsjahre hindurchgetanzt hat und dass die größte Sorge darin bestand, wo man ein köstliches

Stück Fleisch ergattern konnte, so wie in dem Film *La Traversée de Paris*, den musst du dir ansehen, mit Jean Gabin und Louis de Funès. Da geht es darum, ein frischgeschlachtetes Schwein in einem Koffer von einem Bezirk in den anderen zu schmuggeln, mitten in schlimmsten Kriegszeiten. Den Film musst du dir unbedingt ansehen, man kriegt ihn auf DVD. Es gibt auch Filme über die Widerstandsbewegung und Folterungen, da stehen die Leute mit einem Glas Rotwein in der Hand und einem Baguette, mein lieber Freund, ganz zu schweigen von einem guten Stück Käse, wenn sie den irgendwo unter dem Ladentisch ergattern konnten. Auf diese Weise sieht der Bewohner einer okkupierten Stadt etwas Licht im Dunkel, und auch ein Clochard erlebt einen schönen Tag.

Das ändert aber nichts daran, dass ein Clochard so etwas wie ein Makel auf einer schön polierten Oberfläche ist, der möglichst nicht existieren sollte. In Berlin gehört er ganz normal dazu. Die meisten sehen sowieso aus wie Außenseiter, Hausbesetzer und Künstler, und das Beste hier ist eben, dass man nicht auffällt. Und das ist sehr wichtig, wer möchte schon als irgendwas abgestempelt werden. In Frankreich fällt man auf, wenn man mit einem Zweitagebart rumläuft, in Berlin fällt man auf, wenn man rasiert ist. Dann stimmt irgendwas nicht. Du bist auf jeden Fall verdächtig – oder ein Beamter, vielleicht auch beides.

In Berlin geht man einfach davon aus, dass es Obdachlose und Penner gibt. Deswegen gibt es mitten in der Stadt Notunterkünfte für Obdachlose und sanitäre Anlagen und Lokale, wo ein Gericht fast nichts kostet. Dabei fühlt sich die Seele wohler, denn es ist besser, ein paar symbolische Cent zu bezahlen als nichts.

Ich bin ehrlich gesagt stolz darauf, wie diese Dinge in meiner Stadt gehandhabt werden.

Das kannst du auch sein, erwiderte Martin, und schwadronierte sofort weiter über sein früheres Leben:

Viele glauben, dass das Dasein eines Obdachlosen ein chaotischer Sumpf ist, aber das stimmt nicht. Wenn wir nicht imstande wären, unser Leben zu organisieren, würden wir uns in null Komma nichts auf der Totenbahre wiederfinden. Nichts zu trinken, nichts zu fressen, kein von unten wärmendes Kellergitter zum Schlafen, kein Pappkarton unterm Kopf. Und es kostet enorm viel Organisation, wenn man einigermaßen sauber sein will. Zu meiner Pariser Zeit gab es keine Waschgelegenheiten für Clochards. Wo sollte man sich die Zähne putzen, duschen oder rasieren, und wer schnitt einem die Haare?

Ich war immer darauf bedacht, einen ordentlichen Haarschnitt zu haben. Es wäre mir nie eingefallen, mir selber die Haare zu schneiden oder von einem Kumpel schneiden zu lassen. Ich habe mich an Friseure in heruntergekommenen Straßen gehalten, da bin ich frühmorgens hingegangen, wenn wenig los war. Ich ließ mir einmal im Monat die Haare schneiden. Meistens umsonst.

Für einen Penner ist es sehr wichtig, nicht abstoßend zu wirken. Ich war einer, der nicht unbedingt wie jemand aussah, der kein Zuhause hat, sondern eher wie einer, der zu viel trinkt, weil er möglicherweise Liebeskummer hat. Ich legte es darauf an, mich bemitleiden zu lassen, ältere Frauenherzen ließen sich am leichtesten erweichen. Ihnen hab ich es zu verdanken, dass ich noch am Leben bin. Junge Frauen sind grausam, sie denken nur an sich selbst, und so ein unglückseliger Clochard ist ihnen höchstens im

Weg – aber die älteren Frauen hatten bestimmt alle mehr oder weniger missratene Söhne oder Muttersöhnchen. Ihnen passte es gut in den Kram, etwas für mich zu tun. Das gab ihnen irgendwie das Gefühl, etwas für ihre lieben kleinen Söhnchen zu tun.

Ich hatte immer alles, was ich zur Körperpflege brauchte, in meinem Rucksack dabei, Zahnbürste, Zahnpasta und Rasierzeug, und ich hatte ein ausgeklügeltes System, mich irgendwo reinzuschmuggeln, wo ich mich ohne Beanstandungen rasieren und mir in aller Ruhe die Zähne putzen konnte. Ich rasierte mich abwechselnd auf diversen Toiletten, wo man sich darauf verlassen konnte, dass warmes Wasser aus dem Kran kam. Und zwar immer mit Erlaubnis. Zu allem braucht man eine Genehmigung, und falls sich irgendjemand unerlaubt auf einem Klo rasiert, dann muss er auf Zoff gefasst sein und womöglich sogar auf die Polizei. Wenn man aber fragt, ob man sich rasieren darf, wird einem manchmal sogar ein Handtuch gegeben. Und dann geht man immer öfter dorthin, auch ohne etwas zu bestellen, weil man kein Geld dazu hat, man fragt einfach nur, ob man ein Weilchen im Warmen sitzen darf, man achtet darauf, nicht zu lange zu bleiben und nur kurz einen Blick in die Zeitungen zu werfen und darauf zu warten, dass jemand einen anspricht, aber man quatscht nie von sich aus andere Gäste an, und es endet dann meist so gut, dass man ab und zu einen Espresso oder sogar ein Stück Baguette bekommt, und zwar mit Butter, wenn eine ältere Dame bedient, deren Sohn man sein könnte. Bei denen hat es am besten geklappt. Ich hatte zwei solcher Muttchen, beide im 18. Arrondissement, ganz in der Nähe von Château Rouge, die eine war schwarz, aus Kamerun. Die war aber eigentlich nicht alt. Ich durfte bei ihr übernachten, wenn es kälter als fünf Grad minus war, wir hatten da gewisse Regeln aufgestellt. Ich durfte bei ihr duschen und in ihrem Bett schlafen, und ich durfte ihr Telefon benutzen, um meine Tante in Antibes anzurufen, die mir Geld überwies, und damit konnte ich die gute Frau aus Kamerun zum Essen einladen. Diese reizende Frau hatte auch einiges andere auf Lager. Sie schickte mich beispielsweise zu einem Freund, der mit gebrauchten Klamotten handelte. Der fand ein paar bunte Sachen für mich, einen roten Pullover beispielsweise, der mir bis zum Knie reichte und mich nichts kostete, und ich bin sicher, dass der mir in einem Februarmonat das Leben gerettet hat. Und glücklicherweise bekam ich ebenfalls gratis einen Mantel, der mich ganz bedeckte. Hoffnungslos, in einem knielangen Frauenpullover irgendwo aufzukreuzen und um einen Gefallen zu bitten, wie etwa einen Haarschnitt. Nein, dann ist der Clochard oder Herumtreiber oder der Mann mit dem Liebeskummer oder was auch immer plötzlich zu einem Freak geworden, mit dem niemand etwas zu tun haben möchte. Kleidung und Hygiene spielen für unsereinen die wichtigste Rolle, wenn man überleben will, wesentlich mehr als bei Angehörigen anderer Gesellschaftsschichten. Für einen Clochard hängt nämlich nichts weniger als sein Leben davon ab. Ein Fehltritt kann bedeuten, dass er ausgestoßen wird. Ein ordentlicher und einigermaßen gut riechender Clochard geht als Quartalssäufer mit Liebeskummer durch. Liebeskummer kann jedem widerfahren, und es ist eine ergreifende und schöne Vorstellung, wenn ein einigermaßen anständig aussehender junger Mann so empfindsam ist, dass die Liebe ihn in die Gosse getrieben hat.

Für einen Clochard hängt das Überleben hauptsächlich davon ab, ob er über Menschenkenntnis verfügt. Er findet heraus, dass es diese und jene Leute gibt, die nichts miteinander gemeinsam haben. Es kommt einem so vor, als würden sie nicht zur gleichen Spezies gehören. Diese Lektion habe ich schon sehr früh lernen müssen.

Wann? Und wie?, fragte ich.

Martin schwieg und blickte mich an wie eine Kristallkugel, aus der er etwas herauslesen wollte, obwohl es doch eher meine Sache gewesen wäre, etwas aus ihm herauszulesen.

Was meinst du mit solchen vagen Andeutungen über irgendwelche früheren Lektionen?

Martin schwieg immer noch und lächelte, wie Buster Keaton es getan hätte, wenn er jemals gelächelt hätte. Und er spielte in seinem Stummfilm weiter, bis ich den ersten Faden wiederaufnahm und ihm ganz ehrlich sagte, ich hätte Berlin nie als eine Stadt der Leiden empfunden.

Du warst hier zu Hause, und wer denkt schon über seine Heimatstadt nach. Wir nehmen die Stadt, in der wir leben, als etwas Selbstverständliches wahr. Und dir fehlt der Vergleich zu Paris.

Ich bin oft dort gewesen, das weißt du. Paris ist meine Stadt.

Du hast aber nicht dort gelebt. Du kennst nicht die kleinen Restaurants, in denen man immer noch für wenig Geld echt französisch essen kann. Keinem Touristen auf dieser Welt würde es einfallen, seinen Fuß in ein solches Lokal zu setzen. Du hast nicht erlebt, was mein täglich Brot war, ein Stück frischgebackenes Baguette mit genau der richtigen Kruste zu essen, und dazu ein wohlgeformtes Croissant mit Aprikosenmarmelade zu einem Espresso am Beginn des Tages, bevor man sich wieder dem Alkohol zuwendet.

Bei mir zu Hause essen wir Müsli und Joghurt. Das ist gesünder als dieses Zeug aus Weizenmehl und Marmelade. Höchstens sonntagmorgens gestatte ich mir Orangenmarmelade.

Herr des Himmels, Müsli, hab ich's nicht gesagt. Dieser verdammte kleingeschrotete Splitt ist doch nur was für Steinzeitmägen.

Müsli ist eine schweizerische Erfindung.

Wird aber in Berlin viel gegessen, nicht wahr, Müsli, Ruinen und Splitt, das Leiden lebt immer noch in Berlin. Man sieht es den Menschen an, sieh doch nur den Leuten auf der Straße ins Gesicht. Die letzten Kriegstage in dieser Stadt waren unbeschreiblich – Menschen wurden gehenkt und vergewaltigt, und daneben Jugendliche, die Soldat spielten und das Land beschützen wollten, nachdem bereits alles verloren war. Und nach dem Krieg war keineswegs alles vorbei, die Stadt wurde mit dieser unbegreiflichen deutschen Mauer geteilt, die sich nicht nach irgendeiner geometrischen Logik richtete, sondern sie in einem unaufhörlichen Zickzack durchschnitt. Selbst ein Mensch wie ich, der sich eingehend mit der Mauer befasst hat – bevor wir uns kennenlernten, hatte ich nämlich nicht viel anderes zu tun, als Mauern zu studieren –, selbst ein Mauerexperte wie ich konnte nicht immer wissen, ob er an dieser oder jener Ecke im früheren Ost- oder Westberlin war. Das Leiden in der Stadt ging weiter, auch wenn der Krieg beendet war. Diesen unbegreiflichen Zustand brauche ich dir doch nicht zu schildern, da wurden

Menschen zielsicher abgeschossen wie Tiere im Schlachthaus, wenn sie aus dem Paradies im Osten fliehen wollten, und die Leute im Osten ließen Kinder im Westen lieber im Kanal ertrinken, als sich der Gefahr auszusetzen, dass der Feind auf ihr Gebiet eindringt, um ein Kind zu retten. Um ein Kind zu retten!

Ja, sagte ich. Seltsam, dass du das erwähnst. Auf diese Weise starb mein einziger Freund, der türkische Mikki. Ich habe nie einen anderen Freund gehabt, bevor ich dich kennenlernte.

Warum hast du mir das nie erzählt?, fragte Martin erstaunt.

Es gibt einiges, was ich dir nie erzählt habe, sagte ich.

Das bezweifle ich nicht, sagte er. Es beruht übrigens auf Gegenseitigkeit.

Du hast mir nicht gesagt, warum du deinen Nachnamen abgelegt hast.

Beispielsweise, antwortete er.

Und wie verhält es sich mit diesen Menschen oder Nichtmenschen und den Lektionen in deinem früheren Leben?

Da sagst du was, sagte er.

Ja. Wohlgemerkt, ich weiß auch nicht viel über dein Leben, bevor du Clochard wurdest.

Ebenfalls wohlgemerkt, mir ist auch nicht viel über dich und deine Jugend in Berlin zu Ohren gekommen.

Du hast recht, sagte ich.

Wer weiß, sagte Martin, vielleicht erzählen wir uns eines schönen Tages etwas.

Dieser schöne Tag kommt nie. Nicht bei mir.

Ich verstehe, sagte Martin.

Das tust du nicht, sagte ich.

Martin sah mich mit den Augen eines Sehenden an, der durch Felsen und Hügel blicken kann, aber meinetwegen konnte er auch bis in alle Ewigkeiten starren, ich saß nur da und gab genauso viel von mir preis wie jeder x-beliebige Hügel oder Felsen.

Und die beiden Freunde sitzen da und plaudern ihr Leben lang weiter, solange es währt, aber niemals wird an den Kern der Sache gerührt. Oder ist eben die Freundschaft der Kern der Sache, diese Seelenverwandtschaft? Und nicht die Lebenserfahrungen des Freundes, jedenfalls nicht direkt.

Die Chemotherapie griff Martin sehr an. In der zweiten Phase magerte er so stark ab, dass er kaum noch zu erkennen war. Kahler Schädel, abgehärmtes Gesicht, stumpfer Blick. Die Adlernase stach enorm vor. Am Ende dieser Phase waren seine Hämoglobinwerte so niedrig, dass ich mich gezwungen sah, ihn einzuweisen. Er sträubte sich dagegen, aber ich gab nicht nach.

Ich verzichtete auf das Mittagessen und besuchte ihn stattdessen auf der Station. Jadwiga war bei ihm. Ich hatte sie bis dahin noch nie gesehen, und obwohl ich keinen Zweifel daran hegte, dass Martin sie mir wahrheitsgetreu geschildert hatte, übertraf ihr Anblick doch alle Erwartungen. Der hochliterarische Franzose hatte keine Worte dafür gefunden, und vielleicht ist es ja auch gar nicht möglich zu beschreiben, wie diese Frau sich in ihrem langsamen slawischen Rhythmus bewegte, wie bezaubernd ihr Mund war, wenn sie sprach, wie sie ihr blondes Haar zu einem unerhört schönen individuellen Knoten geschlungen hatte.

Ich verfiel ihr auf der Stelle voll und ganz, ohne mich zu schämen. Ganz im Gegenteil, ich hatte meine Freude daran, dass Martins Geliebte derartig auf mich gewirkt hat. (Gewissensbisse gegenüber Petra kamen überhaupt nicht in Frage, sie hatte damit nichts zu tun.) Diese wilde Liebe auf den ersten Blick war ein Geschenk des Himmels, und als solches schätzte ich sie ein, ein Geschenk des Himmels und ein liebes und subtiles Geheimnis.

Ich würde sie niemals auch nur anrühren können. Wie glücklich konnte sich ein Roboter preisen – in eine Frau verliebt, die er niemals anrühren würde, niemals anrühren wollte, niemals anrühren durfte. Diese Liebe schmälerte meine Liebe zu Petra nicht, das stand sofort fest, sie war nur eine Zugabe. Nach dem Zusammentreffen mit Jadwiga würde ich noch besser imstande sein, mein Himmelsgeschenk zu Hause mit all den Mitteln lieben zu können, die einem Roboter zu Gebote stehen.

In diesem Krankenzimmer bei Jadwiga und Martin zu sein – irgendwie war ich in dieses Liebesverhältnis hineingezogen worden und kuschelte mich dort unsichtbar ein, war aber dennoch aktiv beteiligt, da ich über alle Maßen in dieselbe Frau verliebt war wie mein Seelenfreund. Martin befand sich in einem so freudig erregten Zustand, dass man hätte meinen können, er habe seine schmale, glatzköpfige Hülle abgelegt und nur seine Seele tickte weiter, frei von allen Beschwerden.

Ich war so gerührt, dass ich mich schnäuzen musste. Die beiden sahen, wie es mir ging, aber diese zivilisierten

Menschen wussten es zu nehmen, sie strahlten um die Wette und hielten sich die Hände wie Kindergartenkinder, wenn ihnen Geschichten erzählt werden.

Auf einmal wurde mir bewusst, dass sich an diesem Tag etwas Besonderes anbahnte, als läge etwas Großartiges in der Luft, und ich vergaß für eine Weile, dass ich mich gerade erst frisch verliebt hatte in eine Frau mit Wonnemund, die meine Muttersprache mit charmantem Akzent sprach.

Gleichzeitig ergriff mich aber auch Besorgnis wegen dem, was in der Luft lag, was auch immer es war, und das konnte ich nicht gut genug kaschieren. Ich schickte mich zum Gehen an, das war besser, als dort wie das fünfte Rad am Wagen im Krankenzimmer herumzulungern. Daraufhin sagte Jadwiga, sie müsse zur Arbeit, und ich blieb noch.

Sie verabschiedete sich mit einem Engelskuss von mir. Ich fühlte mich fast so, als wäre ich angerührt worden, das war noch nie vorgekommen, nicht auf diese Weise. Ich fühlte mich wie ein vom Wind gebeutelter Apfelbaum, der bis in seine Wurzeln erschüttert wurde.

Dann war sie fort und hinterließ den übernatürlichen Duft eines polnischen Kräutersuds, den sie Martin mitgebracht hatte.

Ich zog meinen Stuhl näher ans Bett und fragte Martin, wie es ihm ginge.

Das spielt keine Rolle, sagte er und lächelte wie ein Yogi.

Ein Arzt muss wissen, wie es dem Patienten geht.

Vielleicht bin ich einfach nur sehr schlapp?

Hast du irgendwo Schmerzen?

Ich habe eine fiese Aphthe im Mund, und die flüssige

Nahrung muss ich möglichst mit Strohhalm zu mir nehmen. Darf ich dir etwas sagen?

Natürlich, sagte ich.

Mir war allerdings gar nicht danach zu hören, was er mir sagen wollte, und ich wendete den Blick ab wie jemand, der auf alles gefasst ist.

Martin sah mich entschuldigend an. Mir kam es so vor, als nähme mein Leben eine unerwartete Wendung, als müsste ich womöglich Hals über Kopf sterben, als würden alle Augenblicke meines Lebens sich zu einem einzigen zusammentun. Womöglich dem allerletzten.

Martin sah mich immer noch entschuldigend an, aber ich wirkte wohl so abweisend, dass er es wahrscheinlich in diesem Moment vorgezogen hätte, nichts sagen zu müssen, aber es gab kein Zurück. Er war gezwungen, mir die Neuigkeiten zu erzählen.

Ich hätte es dir sowieso irgendwann sagen müssen, fuhr er fort, und nun klang er so, als hätte er etwas verbrochen.

Ich warf ihm einen Blick aus den Augenwinkeln zu. Er konzentrierte sich auf den Ärmel seiner Schlafanzugjacke, auch wenn dort weder Flecken noch Falten noch Runenzeichen zu sehen waren.

Jadwiga …, sagte er. Jadwiga.

Nach dieser kurzen Verlautbarung verstummte er, als fehlte ihm die Kraft zur Fortsetzung. Und gewiss klang die Stimme schwächlich.

Nach einer Weile fuhr er fort: Nein. Nicht nur sie. Wie gesagt, wir. Wir beide erwarten ein Kind.

Wie das?

Martin sah mich an, und aus seinem Gesicht sprach Mitleid. (Kein Wunder.)

Du hast richtig gehört. Wir bekommen ein Kind.

Ja, aber du wolltest doch nie Kinder haben, das hast du mir gesagt. Du hast es gesagt.

Aber so ist es eben gelaufen. Und wir sind froh.

Das ist mir in der Tat nicht entgangen.

Martin verstummte wieder, und der mitleidige Ausdruck verstärkte sich.

Aber wie wollt ihr das denn überhaupt schaffen?, fragte ich und war nicht imstande, den Zorn zu verhehlen, der in mir zu brodeln begann. Wie wollt ihr denn mit einem Kind über die Runden kommen, wenn du dich schlimmstenfalls nicht einmal selber versorgen kannst?

Keine Sorge, *mon ami*. Zum ersten Mal redete er mich als Freund in seiner Muttersprache an. Ich fand das schön, und so gelang es diesen beiden französischen Wörtern, den aufsteigenden Zorn im Zaum zu halten. Ich saß einfach nur auf meinem Stuhl, in meiner sogenannten Mittagspause, und erholte mich langsam nach dieser schrecklichen Eröffnung. Schrecklich für wen? Kein Zweifel, ich war nicht mehr ganz klar im Kopf, und das musste inzwischen auch meinem Freund aufgegangen sein.

Wir haben so viele Menschen, die uns helfen werden. Jadwiga hat ihre Mutter und zwei Schwestern und zwei Brüder, und ich meine Tante in Antibes, die wird ihre Konten plündern, wenn sie von dem Kind erfährt. Wir haben schon damit angefangen, alles zu organisieren, vor und nach der Geburt werden Jadwigas Mutter und die Schwestern bei uns sein, notfalls auch länger. Ich bleibe so lange noch in meiner Klause, damit ich nicht ständig im Weg bin.

Du kannst nicht damit rechnen, dass du nach einem

halben Jahr, von heute an gerechnet, auf eigenen Beinen stehen kannst, weder in deiner Klause noch sonst wo.

Sei doch nicht so pessimistisch.

Du hast Probleme mit der Chemotherapie, und du hast noch zwei weitere Runden vor dir.

Sei doch nicht so pessimistisch, die wird mir schon keine noch schlimmeren Beschwerden verursachen.

Martin verstummte und schloss die Augen. Ich sah, dass ich ihn verletzt hatte. Natürlich hatte ich ihn verletzt.

Du musst mir meine Reaktion verzeihen, sagte ich. Ich kann nichts dazu, ich habe eine Phobie vor Kindern.

Martin öffnete die Augen und sah mich an: Du bist schon ein origineller Verschnitt.

Meinetwegen, sagte ich mit ausgetrocknetem Gaumen.

Martin schwieg, und ich fuhr fort: Meine Ängste vor diesen kleinen Rackern gehen so weit, dass ich während meiner Ausbildung unter gar keinen Umständen das obligatorische Praktikum auf der Kinderstation hätte machen können. Der zweite Mann an der medizinischen Fakultät hat mich gerettet, indem er ein verrücktes Gutachten schrieb, dem zufolge ich an Pädophobie leide. Das Phänomen gibt es so gut wie gar nicht, allenfalls bei dem Captain in *Star Trek*.

Würdest du mir diese erstaunliche Geschichte vielleicht mal in allen Einzelheiten erzählen? Du hast hier zu viel Stoff in viel zu wenige Worte gefasst.

Und natürlich tat ich meinem Freund den Gefallen, diese Geschichte zu rekapitulieren, sowohl um ihm die Zeit zu vertreiben als auch um meine übertriebene Reaktion zu entschuldigen. Sie war unverzeihlich, aber nicht unerklärbar. Und das war die Geschichte:

Es war mir mit Ausflüchten und Tricks gelungen, mich so lange wie möglich um die Ausbildungszeit auf der Kinderstation zu drücken. Aber irgendwann konnte ich damit einfach nicht mehr durchkommen. Ich hätte sozusagen nachsitzen müssen und wäre nicht zum Staatsexamen zugelassen worden, wenn ich nicht wie jeder andere Medizinstudent meine Pflichttage auf der Kinderstation absolviert und testiert bekommen hatte. Da musste schleunigst etwas unternommen werden, und es gab keinen anderen Weg als den bis zu dem Mann an der Spitze.

Mit dem Dekan wollte ich nicht sprechen, das war ein Wichtigtuer aus der alten Herr-Professor-Doktor-Schule, aber sein Stellvertreter Ottenmaier oder Otti, wie wir ihn nannten, passte in eine neue Zeit. Dieser ranke und schlanke Spottvogel sah aus wie ein Filmstar à la Cary Grant. Ein Chirurg, der das Skalpell an den Nagel gehängt und auf Psychiatrie umgesattelt hatte. Ich kenne nur dieses einzige Beispiel für eine derartig bewundernswerte Kehrtwendung. Es gibt zwar Fälle, wo Chirurgen notwendig und unentbehrlich sind, aber sie sind ein sehr eigener Menschenschlag. Es ist kein purer Zufall, in welchem Beruf die Leute landen, und in der Chirurgenzunft gibt es einen ziemlich hohen prozentualen Anteil von Sadisten, denen es immer wieder unterläuft, dass sie zu viel wegnehmen. Das ist wissenschaftlich erwiesen.

Bei der Unterredung mit Ottenmaier kam ich direkt auf mein Anliegen zu sprechen, ich sagte ihm, ich sei in ernsten Schwierigkeiten wegen des Studienabschlusses.

Aus Ihren Noten und Testaten lässt sich das aber keinesfalls ablesen. Sie haben derartig hervorragende Benotungen erhalten, dass man lange nach Vergleichbarem suchen muss.

Ich sagte dem Mann unumwunden, um was es ging. Dass ich mein Pflichtpraktikum auf der Kinderstation die ganze Zeit vor mir hergeschoben hatte, und nun musste ich die Suppe auslöffeln. Es bestünde die Gefahr, dass sich deshalb meine Abschlussprüfung verzögern würde.

Ottenmaier sah mich fragend und argwöhnisch an, sagte aber nichts. Ich musste also ungefragt weiterreden.

Ich habe Angst vor Kindern, sagte ich. Ich kann mir nicht vorstellen, in ihrer Nähe zu sein. Allein bei dem Wort *Kinderstation* wird mir schwarz vor Augen.

Das kriegen wir schon hin, das ist kein Problem.

Ich vergesse nie den Blick, mit dem er mich ansah. Er sah direkt durch mich hindurch.

Ich danke Ihnen, sagte ich. Eine solche Eigenheit kann schlimmstenfalls eine Karriere zerstören.

Eigenheit, ach ja. Wie kam es dazu?

Ich habe niemals Umgang mit Kindern gehabt, und ich selber bin alt zur Welt gekommen. Ich würde mir nicht zutrauen, ein kleines Kind auf den Arm zu nehmen, vor lauter Angst, es zu verletzen. Und ich bin völlig ungeeignet, Patienten zu behandeln, die sich nicht äußern können. Ich würde überhaupt nicht wissen, wie ich es anstellen sollte. Ich kenne meine Grenzen.

Tierarzt hätten Sie also nicht werden können, sagte Ottenmaier lachend.

Das wäre das Allerletzte gewesen, log ich. (Denn ich habe es manchmal bereut, nicht Veterinärmedizin studiert zu haben. Vielleicht ist es auch noch nicht zu spät.)

Ottenmaier zog ein Blatt Papier mit dem Briefkopf der medizinischen Fakultät aus der Schublade, schrieb drei Zeilen auf das Blatt und bat mich, sie zu lesen.

Und in diesem bedeutenden Schreiben steht, dass der Student Martin Montag an einer seltenen Psychose leidet, Pädophobie, und dass er von einem Praktikum auf der Kinderstation freigestellt werden sollte, vorbehaltlich der Zustimmung des Fakultätsrates.

Ich habe noch nie was von Pädophobie gehört, sagte ich.

Es ist keine unbekannte Phobie, sagte Ottenmaier und strich sich über die Haare, wie Cary Grant es ganz sicher in *Der unsichtbare Dritte* getan hat.

Der Captain in *Star Trek* litt an Pädophobie, er musste immer seine Untergebenen bitten, sich um Kinder zu kümmern, die sich an Bord verirrten. Er hat ausdrücklich gesagt, dass er Angst vor Kindern hatte.

Ich bin sehr erleichtert, dass ich mich nicht allein auf dieser Welt mit solchen Problemen herumschlagen muss.

Nein, allein sind wir selten, sagte Ottenmaier und grinste breit.

Ich weiß nicht, wie ich Ihnen danken soll, sagte ich.

Sie können sich bei sich selber bedanken. Wenn Sie einer von den Durchfallkandidaten gewesen wären, hätte die Sache ganz anders ausgesehen. Sie sind aber in so hohem Maße brillant, dass eine Ausnahme von den Regeln vertretbar ist. Und aus meiner Sicht ist es tausendmal besser, dass Sie von sich aus gekommen sind und offen über Ihr Problem geredet haben, als wenn Sie ihr Praktikum auf der Kinderstation angetreten hätten und dort wie Falschgeld herumgelaufen wären. Das hätte sich womöglich negativ auf Ihre Abschlussnote ausgewirkt. Auf die lege ich aber sehr viel Wert.

Sie haben keine Angst, dass ich Ihre eigene übertreffen könnte?

Nein, das würde mir nichts ausmachen. Und Sie steuern direkt darauf zu. So etwas kann ich gut hinnehmen, wenn es sich um einen Konkurrenten Ihres Kalibers handelt.

Noch heute muss ich daran denken, wie er damals mit mir sprach. Ich war noch nicht mal richtig trocken hinter den Ohren, und er redete mit mir wie mit einem Gleichgestellten. Aber das ist geradezu typisch für fast alle wirklich kompetenten Menschen, die ich kennengelernt habe, sie setzen sich nicht aufs hohe Ross. Das haben sie gar nicht nötig, denn sie sitzen bereits sicher im Sattel und ziehen andere zu sich hoch. Ottenmaier gehört zu denen, die einem im Gespräch Selbstvertrauen einflößen.

Mir fiel noch ein, ihn zu fragen, was aus diesem Dokument mit der Diagnose Pädophobie werden würde.

Ich werde es als vertraulich abstempeln und es an einem sicheren Ort im Archiv aufbewahren. Es kann niemandem etwas nutzen, wenn eine Phobie dieser Größenordnung hier im System herumgeistert. Ottenmaier lachte.

Ich stimmte ein, machte mir aber Sorgen, wie meine Angelegenheit im Fakultätsrat verhandelt werden würde, und fragte ihn, ob er es für wahrscheinlich hielte, dass der Fakultätsrat sich mit dieser Diagnose zufriedengeben würde. Pädophobie?

Ich werde mein Bestes tun. Und es trifft sich so günstig, dass unser geschätzter Dekan bei der übernächsten Sitzung nicht anwesend sein wird, ich lege dann als sein Stellvertreter das Papier vor. Ich denke schon, dass alles in Ordnung gehen wird. Herausragende Studenten wie Sie werden bevorzugt behandelt. Ich habe das Gefühl, dass alle am gleichen Strang ziehen werden, um unbedeutende Steine aus dem Weg eines Menschen zu räumen, der auf die härteste Schlacht zusteuert, nämlich Menschenleben zu retten. Oder stimmt es nicht, dass Sie sich auf Strahlentherapie spezialisieren wollen?

Doch, das stimmt.

Das gefällt mir. Sie haben die richtige Einstellung.

Nach diesen Worten verabschiedete ich mich und war nicht wenig froh und auch stolz. Bitte schön, Monsieur Martinetti, Ende der Geschichte.

Immer müssen Deutsche hintersinniger sein, als man denkt, sagte Martin und lachte ein langes unschönes Hustenlachen, das sich während meiner Schilderung angestaut hatte. Ich wollte schon zum Stethoskop greifen, aber ich wusste nicht, wie ich medizinische Fürsorge in dieses private Gespräch einbringen sollte.

Ich hatte eine miserable Figur abgegeben, als ich auf diese Freudenbotschaft, dieses Wunder reagierte. Die Frau hatte es geschafft, sich von Martin in seinem Zustand schwängern zu lassen. Später hätte sie keine Chance mehr dazu gehabt, nicht mit ihrem Martin. Ein Mensch, der sich so vergaloppiert hatte wie ich, der zudem vorgab, Arzt zu sein, sollte lieber schweigen, sich in Grund und Boden schämen und sehr aufmerksam den Untertönen im Hustenanfall seines Patienten lauschen.

Als sich Martin einigermaßen wieder gefangen hatte, sagte er:

Ich hatte auch nicht vor, Kinder zu bekommen, darüber haben wir gesprochen, genauso wenig wie du. Aber es ist vielleicht nicht ganz fair, wenn du unterstellst, bei mir sei so etwas wie Betrug im Spiel gewesen, dass Jadwiga schwanger wurde. Sie hat es darauf angelegt, da bin ich mir sicher.

Es ist einfach unmöglich, es auf so etwas anzulegen, einfach nur so. (Ich hörte den übellaunigen Ton in meiner Stimme. Hallo! Was sollte das?)

In Jadwigas Fall sprechen wir über einen außergewöhnlichen Menschen.

Darin stimmte ich allerdings von ganzem Herzen mit ihm überein, meine gerade gefundene Liebe war alles andere als gewöhnlich, und in diesem Bewusstsein kehrte ich halb, mehrfach und komplett verwirrt nach der Mittagspause in meinen Käfig zurück. Stieß draußen beinahe mit einem rauchenden Patienten mit Infusionsstativ im Schlepptau zusammen, es hätte nicht viel gefehlt, dass ich ihn zu Fall gebracht und mich selber in Brand gesetzt hätte.

PETRAS KÄSEBÄLLCHEN nach einem Rezept von meiner Mutter sind noch nie besser gelungen, und der Rosé ist nicht schlechter als beim letzten Mal, wir stoßen miteinander an und wünschen uns einen schönen Frühling. Auf dem Balkon brennen Kerzen in Laternen und beleuchten die nachtblauen Tulpen, die nach diesem Tag nun wieder ihre Kelche schließen. Dort sitzen wir wie König und Königin der Lebenden mit Aussicht auf das Land der Toten jenseits der Straße.

Wir reden über die besten Käsebällchen der Welt, und Petra fragt mich, ob wir nicht am Wochenende meine Eltern zum Essen einladen sollten, aber ich bin nicht dazu aufgelegt. Sie weist mich darauf hin, dass ich nie dazu aufgelegt bin, sie zu treffen, und ich weiß, es ist eine Schande. Petra erklärt, sie habe nicht vor, mir ins Gewissen zu reden, aber für meine Eltern sei es gewiss nicht schön, dass ich so wenig Verbindung zu ihnen halte, wir sollten ein bisschen mehr für sie tun, wo ich doch das Glück hatte, dass meine Mutter nicht geisteskrank war. Und ich sage ja, ich bin ein fehlerhaftes Exemplar, und ich schäme mich, ich werde auch wirklich versuchen, mich zu bessern, aber nicht an diesem Wochenende. Ich sei todmüde, womöglich sei da irgendeine Grippe im Anmarsch. Petra schlägt vor, dass wir es uns einfach gemütlich machen und vielleicht am Sonntag ans Meer fahren, falls ich mich dann wieder etwas besser fühlen sollte, es könnte so etwas wie ein Vorschuss auf meinen Geburtstag am Montag sein. Ich sage: Ja genau, ein Ausflug ans Meer, weil ich am Montag Geburtstag habe. Und auf einmal erinnere ich mich daran, dass ich einen zusammengefalteten Abschiedsbrief an sie in der Brusttasche meines Hemds mit mir herumtrage, nicht gerade ein sicherer Ort für dergleichen Schreibereien, und es steht keineswegs fest, ob ich diesen Geburtstag überhaupt noch erlebe. Ich werfe einen Blick auf Martin Montag, der anscheinend nachgelassen hat und *für sich und andere eine Gefahr darstellt*, wie aus berechtigtem Anlass in manchen Krankenhausberichten aus der Psychiatrie zu lesen ist. So nachgelassen, dass er nicht nur einen gestohlenen Krankenbericht in der Tasche hat, sondern auch einen Abschiedsbrief ohne Umschlag in seiner Brusttasche.

Die Dunkelheit bricht herein. Die Zwillingsbäume auf den Gräbern von Frau Sommer und Herrn Luft sind nicht mehr zu erkennen, und jetzt ist es auch zu kühl geworden, um draußen zu sitzen. Petra fragt, ob wir vielleicht aus essen gehen sollten, aber ich täusche die herannahende Grippe vor, und Petra fragt mich, ob ich mich nicht ein wenig hinlegen will, während sie sich um das Abendessen kümmert.

Und ich lege mich im Wohnzimmer aufs Sofa. In der Dämmerung ist niemand zu Hause, ich bin ganz allein auf der Welt mit den Schatten von Fensterkreuzen an den Wänden, wenn Autoscheinwerfer vorbeigleiten. Kreuze sind Freunde, denn auch über mir wird eines sein, wenn ich tot bin, und dann werde ich nicht länger auf dem Nachhauseweg von der Schule sein. Tot zu sein ist das Beste. Dann ist es immer so, wie es war, bevor ich von der Schule nach Hause ging.

Petra bedrängt mich nie, wenn ich mich unwohl fühle. Ich komme sogar mit Anfällen von längerem Schweigen durch, wenn mir danach zumute ist, sie regt sich nicht darüber auf. Heute Abend passt es ungewöhnlich gut, dass ich nicht den üblichen Verpflichtungen eines Gesellschafters nachkommen muss.

Dass Petra so geduldig mit mir ist, rührt natürlich von nichts Gutem her. Erstes, zweites und drittes Gebot für ein Kind, das bei einer geisteskranken Mutter aufwächst: Geduld, Geduld, Geduld. Und in Fortsetzung dessen gehen meine Überlegungen dahin, ob es vielleicht der beste Trick bei der Partnerwahl ist, jemanden zu wählen, der trainiert darin ist, die Unzulänglichkeiten eines anderen zu ertragen.

ICH VERSUCHE NIE, mich vor den Samstagsbesuchen bei Petras Mutter zu drücken. Petra und ich besuchen sie meist getrennt, damit sie öfter Besuch bekommt. Ich bleibe nicht selten ziemlich lange, manchmal zwei oder drei Stunden, und Petra bewundert meine Ausdauer – nicht zuletzt weil ihr Martin ein so rastloser Mensch ist. Meist fahre ich samstags nach meiner Stippvisite im Krankenhaus und nach dem Schwimmen zu ihr. Deswegen beginnt das gemeinsame Wochenende von Petra und mir erst, wenn schon ein beträchtlicher Teil des Samstags verstrichen ist.

Nicht nur um Petra zu gefallen, habe ich mich von Anfang an um ihre Mutter gekümmert, ich hatte großes Mitgefühl mit dieser tragischen Person, und ich dachte, es müsste doch möglich sein, sie auf irgendeine Art und Weise positiv zu stimulieren. Ich las die Diagnosen, ich sprach mit ihrem Arzt und beratschlagte mich mit den Psychiatern an meiner Klinik. Das führte dazu, dass neue Medikamente ausprobiert wurden, und es wurde ein spezielles Programm für sie zusammengestellt, damit sie sich rein physisch wieder aufbauen konnte. Es begann mit Wassergymnastik, und die führte dazu, dass sich ihr geistiges und körperliches Wohlbefinden innerhalb eines halben Jahres um einiges besserte. Petras Mutter glich wieder einem menschlichen Wesen. Von da an konnte man beispielsweise kleine Spaziergänge mit ihr unternehmen. Egal ob sie nun tatsächlich auch psychisch stabilisiert werden konnte oder nicht, manchmal konnte man jedenfalls den Eindruck gewinnen, dass sie in Ordnung war. Mehr war kaum zu erwarten. Die Zeitspanne, in der es möglich war, sich mit ihr zu unterhalten, konnte bis zu zehn Minuten dauern, doch spätestens dann begann sie wieder, wirres Zeug zu reden oder zu heulen.

Es macht Spaß, mit ihr über Bücher und Literatur zu

sprechen. Sie liebt Thomas Mann und Rilke. Und trotz der langen Jahre ihrer Geistesverwirrung hat sie den Zauberberg und die Duineser Elegien immer noch präsent, die Bücher liegen seit Jahren auf ihrem Nachttisch, daran klammert sie sich, ob sie nun darin liest oder nicht. In klaren Momenten kann man sich mit ihr über Mann und Rilke so klug unterhalten, als hätte sie Literaturwissenschaft studiert.

Manchmal erzählt sie einem davon, was ihre Eltern im Krieg durchgemacht haben. Es sind immer dieselben Geschichten, aber es macht mir nichts aus, sie wieder und wieder zu hören. Eine richtige Frage an der richtigen Stelle kann eine neue Geschichte ins Leben rufen und Schlüsselereignisse freilegen, die oft in winzigen Details verborgen liegen, wie der Strahlentherapeut weiß und auch der Künstler.

Immer wieder bekomme ich die Geschichte von Petras Großmutter zu hören. Erst im Alter und nachdem sie ihren Mann verloren hatte, erzählte sie endlich davon, was ihr bei Kriegsende widerfahren war. Das Gleiche wie zwei Millionen Frauen in Berlin – von den Rettern vergewaltigt, von russischen Soldaten. Petras Großmutter wurde schwanger, ließ sich aber auf eine Abtreibung mit den Methoden der damaligen Zeit ein. Sie wollte lieber sterben, als ein in einer Vergewaltigung gezeugtes Kind in die Welt zu setzen, und sie wäre dabei tatsächlich beinahe ums Leben gekommen. Dieses Geheimnis, diese Schrecken hatte sie ihr ganzes Leben bei sich bewahrt, ohne mit irgendjemandem darüber zu sprechen. Als sie gefragt wurde, ob dieses Schweigen nicht erdrückend gewesen wäre, sagte sie, noch schrecklicher wäre es gewesen, darüber zu reden, und vollkommen undenkbar, solange ihr Mann noch lebte. Aber jetzt bin ich alt, hatte sie gesagt, und ich will, dass meine Familie meine Geschichte kennt, ich möchte, dass sie sich an die Person erinnern, die ich bin und war, mit allem, auch mit dem Schlimmsten, was ich erleben musste und was mich beinahe das Leben gekostet hätte.

... DASS SIE SICH AN DIE PERSON ERINNERN, DIE ICH BIN UND WAR, MIT ALLEM, AUCH MIT DEM SCHLIMMSTEN, WAS ICH ERLEBEN MUSSTE UND WAS MICH BEINAHE DAS LEBEN GEKOSTET HÄTTE.

Petras Großmutter lebte trotz allem, was sie mitgemacht hatte, ohne seelische Störungen weiter. Aber ihre Tochter wurde geisteskrank. Irgendwann habe ich einmal den Vortrag eines hochbetagten französischen Psychoanalytikers angehört, der behauptete, es bräuchte drei Generationen, bevor eine schwere seelische Störung, eine Psychose, in Erscheinung tritt. Eigentlich hätte ich mehr über diese Theorie lesen wollen, aber die Tumore haben Vorrang und verschlingen mein ganzes Leben, ich schaffe es nicht, etwas anderes als Literatur über sie zu lesen.

DER ABEND WILL NICHT zu Ende gehen. Endlich Essen. Erst ein Rote-Bete-Salat, dann Kalbsleber und Kartoffelpüree und hinterher Ananas. Fernsehen. Smalltalk. Als ich nicht mehr kann, sage ich, dass ich ins Bett muss, und Petra hält mich wirklich für krank, weil ich schon vor Mitternacht ins Bett gehen möchte. Sie ist aber auch froh, sich hinlegen zu können.

Ich stelle mich schlafend und warte darauf, dass Petra einschlummert – bis sie ganz bestimmt tief schläft. Dann stehe ich wieder auf, knipse meine Nachttischlampe an, so wie ich es manchmal morgens tue, und betrachte den schöngeformten Kopf auf dem Kissen, das schwarz glänzende Haar auf dem blauen Kissenbezug, die geschlossenen Augen, den Schatten der langen Wimpern und den Mund, der so gut zu küssen weiß.

Ich möchte diesen Mund berühren, oder ich möchte, dass Petra mich berührt und küsst, im Rücken, an den Schulterblättern, aber es geht nicht über das Verlangen hinaus. Ich ahme die Berührung nach, wenn ich Petra berühre, und ich gebe vor, mich berührt zu fühlen, wenn sie mich berührt. Die körperliche Befriedigung nimmt dann zwar ihren Lauf, aber sie verursacht keine Freude, und wenn ich danach das Zimmer verlasse, kann es vorkommen, dass ich weine.

Ich schalte das Licht aus, greife mir die Sachen vom Stuhl und gehe ins Wohnzimmer. Ich sammle Kräfte, um zum Auto zu gehen, das den Krankenbericht der rotblonden jungen Frau aufbewahrt – die sich an einem guten Tag gern mit Menschen unterhielt und ihr Haar wie einen Wasserfall vom Scheitel herunterfallen lassen konnte und die sich auch für einen Pflegeberuf geeignet hätte, wenn es gelungen wäre, sie wieder ins Lot bringen.

Als ich mein Hemd anziehe, fällt der Abschiedsbrief an Petra aus der Brusttasche. Was, wenn er Petra noch zu meinen Lebzeiten in die Hände fiele? Was könnte ich mir dann ausdenken? Dass ich hinter ihrem Rücken an einem Kurs für kreatives Schreiben teilnehme und wir die Aufgabe hatten, einen Abschiedsbrief zu schreiben?

Dieser Brief darf nicht ohne Umschlag in meiner Brusttasche stecken. Ich muss ihn in meiner Tasche aufbewahren, neben dem Krankenbericht des rotblonden Mädchens. Wenn ich ihn am Wochenende nicht zu verwenden brauche, wandert er in den Reißwolf in meinem Büro. Morgen wird sich zeigen, wie alles wird. Morgen. Was für ein Tag ist das? Was für Tage sind das? Die Tage des Lebens, die damit vergehen, bösartige Tumore zu liquidieren, Petra auf meine Weise zu lieben, Spaß an den Begegnungen mit meinem Seelenfreund Martin zu haben, in aller Herrgottsfrühe durch die Straßen der Stadt zu rennen, das halbe Jahr im Finsteren, um mich dann unversehens wieder auf dem Weg von der Schule nach Hause zu befinden.

Ich danke dafür, mit Petra, Jadwiga, Martin und früher mit Mikki zu sein, mit seinen Eltern und der kleinen Petra; ich bin dankbar, dass ich für meine Patienten da sein kann, die ich ins Herz geschlossen habe, denn sie sind meine Schutzbefohlenen, und insgeheim betrachte ich mich als Retter.

Ich danke zwar für all das, doch zugleich habe ich etwas gegen mein Roboterdasein, die Seele ist müde, sie sehnt sich nach Erlösung, Berührung.

Berührung ist die Hauptsache, Berührung, die durch nichts zu ersetzen ist. Nichts.

Denn alles will sich berühren, lebendig oder tot.

Welle Land. Hand Hand. Finger Finger. Mund Mund.

Ebenso der unberührte Mann, diese halbtote Kreatur,
er humpelt herum und bildet sich ein, quicklebendig zu sein.
Martin Montag. So etwas wie ein Phantom.
Strampelt sich laufend im Dunkel ab, bevor der Tag beginnt.

Ein erschöpfter Mann, ein Phantom, gießt noch etwas Rosé ins Glas, bevor er sich fortstiehlt, zum Auto, um den Krankenbericht des rotblonden Mädchens zu holen. Er versteht nicht, warum er sein Glas noch einmal füllt. Oder geht es ihm darum, sich selber zurück ins Haus zu locken? Damit er nicht in irgendeiner verrückten Anwandlung losfährt und zu viel Zeit dafür braucht, um aus der Schule nach Hause zu kommen. So viel Zeit, dass sie nicht reicht.

Er steigt in seine Schuhe, als sei er so schlimm verkatert, dass er kaum den linken vom rechten Fuß unterscheiden kann, und schleicht nach unten auf die Straße. Niemand ist in der nächtlichen Kühle unterwegs, außer Mamasomm und Luftpapa, und sie wollen bei mir bleiben, während ich den Krankenbericht der rotblonden jungen Frau lese, die einen Jojo-Teufel zum Vater hat. Sie sind der Meinung, dass ich noch am Leben bleiben und mich ans Leben klammern sollte, und sei es auch nur für Petra und Martin, denn obwohl ich ein schwieriger Mensch bin, wäre es besser für die beiden, mich zu haben, als nicht zu haben – und sie erinnern mich auch daran, dass ich der wichtigste Mensch für meine Patienten bin, denen ich dabei helfe, weiter zu existieren, indem ich mit all meiner Kraft, mit all meinen strategischen Fähigkeiten Tumore bekämpfe.

Vielleicht hat der kalte Rosé im Glas eine solche Anziehungskraft, dass ich zurück ins Haus gehe, anstatt weiß der Teufel wohin zu fahren, was ich am liebsten tun würde. Meine Tasche zieht meinen Arm nach unten wie ein Bleilot und verlängert ihn. Im Aufzug muss ich sie abstellen.

Wie jemand, der von einer schlimmen Erkältung geplagt ist, lege ich mich mit einer Decke aufs Sofa. Ziehe den zusammengefalteten Abschiedsbrief aus der Brusttasche und stecke ihn in die Tasche. Ein zweifaches Weltende in derselben Tasche, ein Abschiedsbrief und ein Krankenbericht. Das lange zurückliegende, vorhersehbare Weltende einer rotblonden jungen Frau.

Ich kann all diese Worte auswendig, auch wenn ich sie in einem Panzerschließfach meiner Seele aufbewahrt und den Schlüssel weggeworfen habe; die Worte über das Weltende eines Mädchens, das einmal war. An einem Tag, an dem sie sich etwas besser fühlte, machte sie sich eine flotte Frisur. Am nächsten Tag war sie in Tränen aufgelöst, ein solches Weinen habe ich weder vorher noch nachher gehört, und am darauffolgenden Tag versuchte sie, ihrem Leben ein Ende zu setzen. So rasch und entschlossen, dass nur aus purem Zufall eine Krankenschwester gerade noch rechtzeitig zu ihr kam.

Der Krankenbericht liegt noch ungeöffnet in meinem Schoß, und ich denke an Martin und sein vielfältiges Weltende. Sich bei sieben Grad unter null hinter Mülltonnen zum Schlafen zu legen, ist ein sehr entschlossener Schritt, um seinem Leben ein Ende zu setzen. Aber er hat mir nie gesagt, was dazu geführt hatte.

Das rotblonde Mädchen, die achtzehnjährige Patientin, war abwechselnd aggressiv oder unterwürfig. Ich musste ihr eine zusätzliche Dosis eines Sedativums verordnen, und die Wirkung hatte bereits eingesetzt, als ich mit ihr sprach. Gegen diese Art von Leiden gibt es aber kein Medikament, und weder normale noch zusätzliche Dosierungen können helfen. Alles Leiden dieser Welt hatte sich in dieser einen Seele zusammengeballt. Eine Person verliert sich selber und wird zum personifizierten Leiden.

Wegen des Beruhigungsmittels konnte sie nicht mehr deutlich artikulieren, aber auch in diesem abgestumpften Zustand gab es keine Linderung für sie, sie weinte und wollte sterben. Den gleichen Weg gehen wie ihr jüngerer Bruder. «Ich wollte meinen kleinen Bruder vor einem Ungeheuer schützen, aber es gibt keinen Schutz vor einem Ungeheuer. Es lauert dem Bruder auf. Im Flur. In der Küche. Im Wohnzimmer. Im Bad. In seinem Zimmer. Im Elternschlafzimmer. Das Ungeheuer ist überall. Es kesselt einen ein. Es frisst sich in einen hinein. Ins Gehirn. Ins Herz. Das Ungeheuer ist ein bösartiger Tumor. Mein schöner, lieber kleiner Bruder, ich habe ihn zu schützen versucht, aber es war nicht möglich. Er wollte sterben. Er hat es selber verwirklicht, und ich will auch sterben wie er, aus demselben Grund wie er. Ich konnte ihn nicht beschützen. Ich kann nicht leben. Helft mir zu sterben. Erlaubt mir zu sterben. Damit ich nie geboren bin.»

Es handelte sich um eine intelligente junge Frau, die sehr logisch denken konnte. Ich unterließ es, sie darauf hinzuweisen, dass es gleichgültig sei, wie oft sie stürbe (wenn man denn überhaupt öfter als einmal sterben kann) – einen Strich durch die Tatsache, geboren worden zu sein, könne sie aber nicht machen, da sie nun einmal geboren wurde.

Hätte ich nur ein Fünkchen Mumm in den Knochen gehabt, hätte ich gesagt, dass ich diese Art von Selbstzweifeln nur allzu gut kannte. Zu leben und nicht zu leben, geboren und nicht geboren zu sein, zu sterben und nicht zu sterben. Mein eigener Monolog mit mir selber. Sein, nicht sein. Es wäre zwar streng genommen unprofessionell gewesen, und ein Psychiater hätte sich das nicht erlauben dürfen, aber ich war nur ein Medizinstudent. Ich hätte zu dem einzigen Rat greifen sollen, der sie für eine Weile beruhigt hätte: dass der Mensch auf der anderen Seite des Tisches, ja, der im Arztkittel, so etwas wie ihr Leidensgefährte sei.

Ich zwang mich nach dieser Begegnung dazu, das rotblonde Mädchen und alles um sie herum zu vergessen. Aber in dem Augenblick, als ich sie am Fenster im ersten Stock von Nummer 31 erkannte, stellte sich heraus, dass ich mich in allen Einzelheiten an die Worte erinnerte, die zwischen uns gefallen waren.

Noch auf der Station warf ich einen Blick auf den Krankenbericht, und ich konnte ihn natürlich auswendig, ich wusste sogar den Namen ihres jüngeren Bruders, Heinrich. Selbstverständlich war meine Erinnerung korrekt, er hieß Heinrich und war mit fünfzehn gestorben. Doktor Steigenstein hatte sich die Mühe gemacht, ihre Aussage, dass ihr jüngerer Bruder sich mit fünfzehn das Leben genommen hatte, zu überprüfen. Auch wenn Steigenstein der Begründung keinen Glauben schenkt, wie er in einem Nebensatz zum Ausdruck bringt, er verwendet das Wort «unglaubwürdig», das war mir noch in Erinnerung.

Es ist kein leichtes Unterfangen, das Bild einer verkümmerten Schattengestalt mit dem einer jungen Frau zu vergleichen, die auf der Station an einem guten Tag blendend aussah und sich gerne mit anderen Patienten unterhielt, ihnen eine Freude machte und die Zeit vertrieb. Ich konnte sie mir in einem Pflegeberuf vorstellen, falls es gelänge, ihr zu helfen.

So wunderschön rotblond. An dem Tag, als es ihr gutging, hatte sie ihr Haar oben auf dem Scheitel zu einem Schwanz zusammengebunden, und die glänzende Haarfülle fiel wie ein Wasserfall auf ihre Schultern herunter. Jetzt sind es nur noch dünne Zotteln, die strähnig am Hals herunterbaumeln und die Farbe von lehmiger Erde haben. Es ist merkwürdig, wie sich die Zerstörung aufgrund von geistigen oder körperlichen Verletzungen manchmal an einer ganz bestimmten Stelle manifestiert. In der Haut am Hals, am Kinn, das plötzlich wie alter Käse aussieht. Oder im Haar, wie im Fall dieser jungen Frau.

MANISCH-DEPRESSIV steht im Krankenbericht. Wahnvorstellungen. Ein hochkomplexes System von Zwangsvorstellungen über sexuellen Missbrauch. Nicht genug damit, dass sie ihn seit ihrem vierten Lebensjahr durch ihren Vater ertragen musste, sondern er hatte es auch mehr als einem guten Bekannten gestattet, es mal mit ihr zu probieren. Diese Zwangsvorstellungen bezogen auch ihren Bruder mit ein, der angeblich ebenfalls von seinem Vater missbraucht worden war und sich aus diesem Grund das Leben genommen hatte.

Die Patientin ist überzeugt, dass ihre Mutter von dem Missbrauch gewusst hat, aber sie sei nach jahrzehntelanger psychischer und physischer Gewalt seelisch und geistig so gelähmt gewesen, dass sie nicht imstande war einzugreifen. Angeblich hatte sie die Kinder insgeheim bemitleidet und versucht, sie hinter dem Rücken des Vaters mit Süßigkeiten und Taschengeld zu verwöhnen, das sie auf unerklärliche Weise zusammengekratzt hatte. Die Patientin beschreibt ihre Mutter als tote Person und ihren Vater als Ungeheuer. (Laut Dr. Steigensteins Ansicht eine außerordentlich interessante symbolische Ausdrucksweise, die zudem viel über deformiertes Denken aufgrund einer Psychose aussagt, die am deutlichsten in dem gestörten Verhältnis zu den Eltern zutage tritt.)

Die Eltern, ein geachteter Beamter und seine nicht berufstätige Frau, sind zutiefst bestürzt über den Tod des Sohnes und die Geisteskrankheit ihrer Tochter, die sich in dieser abstoßenden Form gegen die Eltern richtet. Von ihrer Tochter sagen sie, sie habe ein verträgliches Wesen und mache meistens keinerlei Schwierigkeiten; derartig grauenvoll verwirrtes Zeug gäbe sie nur dann von sich, wenn sie einen ihrer Anfälle hätte.

Betti Breitkopf, eine Psychiaterin, die gerade erst ihr Examen hinter sich hatte und als Vertretung für den Sommer eingestellt worden war, befasste sich mit dieser jungen Frau nach dem Selbstmordversuch auf der Station. Sie schreibt:

Es ist nicht auszuschließen, dass ihre Schilderungen von sexuellem Missbrauch auf Tatsachen beruhen. Ich halte es für dringlich, diesem Faktor mehr Aufmerksamkeit zu schenken. Falls sie auf Wahrheit beruhen, hat es ausschlaggebende Bedeutung für die Therapie.

Kurz darauf wurde die junge Frau auf Wunsch der Eltern in eine Privatklinik überwiesen, da sie überzeugt waren, bei uns würde nicht gut genug auf sie aufgepasst, wie sich herausgestellt hatte.

So unglaublich es war, Doktor Steigenstein ließ sich damals sogar zu einem Gespräch mit mir herab, nachdem Betti Breitkopf ihre Anmerkung hinzugefügt hatte. Ich studierte im fünften Jahr Medizin, und der Chefarzt diskutierte mit mir über einen Fall, der in sein Fachgebiet gehörte. (Zugegebenermaßen ist mir oft genug zu Ohren gekommen, dass ich so aussehe, als sei ich außerordentlich beschlagen, es liegt vielleicht an meinem Bart, zudem waren auch meine Noten überall bekannt.)

Der Chefarzt sprach aber nicht mit dem richtigen Mann. Dieser nicht richtige Mann achtete darauf, dem Chefarzt so wenig wie möglich zu sagen. Er betonte, dass ihm die Voraussetzungen dafür, die Aussagen der jungen Frau beurteilen zu können, fehlten. Andererseits war es die überzeugte Ansicht dieses nicht so richtig ins zehnte Semester passenden Medizinstudenten, dass man einem Patienten zunächst lieber Glauben schenken sollte, als seine Aussagen in Zweifel zu ziehen, und zwar so lange wie möglich. (Es ist mir auch im Lauf der Zeit in hohem Maße zustatten gekommen, sehr gut auf das zu hören, was Patienten von sich geben: beispielsweise seltsame Schmerzbeschreibungen von Frauen in gewissem Alter, die meine Kollegen außer Acht lassen, in ihren Augen sind das hysterische Weiber. Ich kann mich an mindestens vier Frauen erinnern, die sich seltsam benahmen und noch seltsamere Schmerzen hatten, die kein normaler Arzt ernst genommen hätte. Alle haben meine Therapie überlebt, geheilte Frauen, aber natürlich immer noch unheilbar, was sonstige Seltsamkeiten betrifft.)

Der Selbstmordversuch der Patientin und das Votum von Betti Breitkopf hatten Doktor Steigenstein so aus der Fassung gebracht, dass er sich den Schweiß von der Stirn trocknen musste. Seine Stimme zitterte geradezu.

Er erklärte, den Vater der Patientin seit langem zu kennen, er sei ein überaus korrekter und liebenswürdiger Mann. Deswegen tat er dieses Gerede über Missbrauch als undenkbar ab, soweit beim Menschen überhaupt etwas undenkbar sein könne. Aber dass der Vater Bekannten gestattet haben sollte, es auch einmal zu probieren, das allein bewies fast, dass die Geschichte nicht stimmen konnte. Ausgeschlossen, sagte er mehrmals. *Ausgeschlossen.*

Ich weiß beim besten Willen nicht, wer von uns froher war, als das Mädchen in die Privatklinik überwiesen wurde. In meinem Herzen glaubte ich ihr nämlich, und ich hätte ihr liebend gerne geholfen, aber ich war da an meine Grenzen gestoßen. Ich war, wie gesagt, einfach nicht die richtige Person, um mich in genau diesen Fall einzumischen. Ich schämte mich zutiefst für meine Feigheit und verdrängte die junge Frau mit dem rotblonden Haar vollständig – doch sie wurde in meinem Kopf wieder voll und ganz lebendig, als ich dieses verzerrte Lachen am Fenster im ersten Stock von Nummer 31 in der Fußgängerzone hörte.

Und die ganze Zeit, seit ich aus der Schule nach Hause kam, war der Jojo-Mann von Nummer 31 frei und ganz in der Nähe herumspaziert, und während meiner Zeit in der Psychiatrie hätte er mir womöglich irgendwo auf den Korridoren begegnen können, als er das rotblonde Mädchen besuchte.

ICH LEGE den Krankenbericht zur Seite. Betrachte die brennende Kerze; die Kreuze von der Straße gleiten unentwegt über die Wand und verwandeln sich in die Kreuze auf den Gräbern von Mamasomm und Papaluft, sobald ich das Menetekel an der Wohnzimmerwand lese.

Soll ich ein Ungeheuer heilen? Das mit einem feuerroten Jojo spielt und es mit einem Zeigefinger mit schwärzlichem Muttermal einfängt?

Wäre es nicht angebracht, es zu töten? Dieses Malignom ein für alle Mal zu beseitigen?

Sollte ich es hinterrücks oder offen tun?

Es geht nicht um Rache. Auch wenn ich mich ein halbes Jahrhundert lang gerächt hätte, würde ich immer noch von der Schule nach Hause kommen, zu Beginn eines Sommers. Es geht um einen Mann, der Kindern auflauert, um ihnen Schaden anzutun, solange er lebt und frei herumläuft. Erst vor kurzem fand ich eine Meldung im Internet über einen hundertjährigen Kinderschänder.

Es geht nicht um Rache, aber da er mich wiedergefunden hat, ist kein Platz für uns beide auf dieser Welt.

Ich bring dich um, wenn du mich verrätst. Ich bring dich mit meiner Axt um.

Flüsterte er, es drang mir tief ins Ohr.

Er reichte mir das Jojo und sagte, ich dürfe es behalten. Ich wehrte ab, aber es gelang ihm, es in die Tasche meines Anoraks zu schieben, bevor er mich zur Garagentür nach draußen ließ.

Auf der Straße waren Leute, und diese unbekannten Menschen verleiteten mich dazu innezuhalten. Draußen auf der Straße konnte er mir nichts tun, er würde mir nie wieder etwas tun können, denn nun wusste ich, wer er war, ich konnte mich vor ihm in Acht nehmen.

Ich setzte mich erschöpft auf die Straße, die Sonne beschien mich zwar, aber mein Gesicht war kalt vom Weinen, und mir war eiskalt am Kopf. Und ich hatte fürchterliche Schmerzen. Ich saß da und wartete, und auf einmal sah ich ihn aus dem Torweg kommen. Er bemerkte mich nicht, und ich ließ ihn noch ein Stück weitergehen, dorthin, wo Frauen mit Kinderwagen und alle möglichen anderen Leute waren. Erst da stand ich auf und schrie:

Ich verrate dich. Ich bringe dich um.

Er blickte sich entgeistert um, und dann nahm er die Beine in die Hand. Ich rannte hinter ihm her und brüllte wieder, diesmal noch lauter:

Ich verrate dich, ich bring dich um.

Er rettete sich in ein Taxi und schlug sich auf dem Rücksitz die haarigen Pranken vors Gesicht. Ich begriff, dass er nicht erkannt werden wollte. Dass er Todesängste ausstand.

Eine Frau mit einer Kinderkarre sprach mich an: Hat der Mann dir etwas getan?

Der kleine Junge im Buggy winkte mit seinem Schnuller und gab unverständliche Laute von sich.

Und ich sagte: Ja, hat er. Pass auf dein Kind auf.

Die Frau lächelte, und ich sah, dass sie nichts verstanden hatte. Das Kind in dem Wagen würde irgendwann größer sein und fröhlich aus der Schule kommen, und Gott allein wusste, ob der Kleine nicht einen anderen Weg einschlagen und in den Park gehen würde, weil niemand ihn vor dem gewarnt hatte, was sich dort verbergen könnte.

Im Buggy saß ein niedlicher kleiner Junge. Selbstverständlich kommt es vor, dass ich es bedaure, nicht selber so einen Jungen zu haben. Aber selbst wenn ich alles in meiner Macht Stehende unternehmen würde – es gäbe nie eine Garantie dafür, dass ich gut genug auf ihn aufpassen und ihn vor Menschenfressern und Seeräubern schützen könnte, und deswegen ist *mein* Kind am besten ein in alle Ewigkeit ungeborenes.

Deshalb will ich nichts von Kindern wissen, von keinem einzigen Kind. Irgendeines von ihnen wäre dem Bösen ausgeliefert, vor meiner Nase, ohne dass es einen Laut von sich geben könnte, und ich würde gar nichts merken. Könnte dem Kind nicht zu Hilfe kommen.

PETRA SCHLÄFT tief, sie liegt auf dem Rücken, und ich denke an unser Kind, das niemals entstehen wird, ein Kind, nach dem sie sich möglicherweise sehnt, ich habe keine Ahnung. Ich kontrolliere also weiterhin ihre Kulturtasche, wenn sie morgens noch schläft, und wenn sie die Pille nicht genommen hat, sehe ich es.

Ich liebe sie am meisten, wenn ich sie schlafend betrachten darf, ich denke an nichts anderes mehr und bin wie jeder andere Mann, der wie ich das unglaubliche Glück hat, seine Frau zu lieben. Mich durchrieselt pure Freude, eine Freude, die mir die Kraft gibt weiterzumachen, weiter hindurch durch die unerträgliche Tatsache, dass ich die Berührung verpasse, die süßen Küsse von Petra verpasse. Ich weiß, dass sie süß sind, der Mund weiß es, aber ich spüre es nicht.

Ich verrate dich. Ich bring dich um.

Dieser Mann dringt nach all den Jahren in meine Bastion ein, weil er etwas von mir will, ich soll seinen Tumor beseitigen. Nun bin ich also doch noch in die Lage versetzt worden, meine Worte wahr zu machen, meinen Schrei: ihn sowohl zu verraten als auch umzubringen. Mich selber kann ich auch umbringen, und dazu sollte ich mich jetzt endlich vielleicht aufraffen, anstatt mich zweimal am Tag mit einer langstieligen Badebürste unter der Dusche im Schein der Flurlampe abzuschrubben und unversehens wieder auf dem Nachhauseweg von der Schule zu sein und immer wieder vom Weg abzukommen und auf einen Jojo-Mann zu treffen, der in dem Park mit dem Wasserfall lauert, der eigentlich eher ein Bach mit Stromschnellen ist als ein richtiger Wasserfall.

Am Abend, als das schlimmste Weinen nachgelassen hatte, begriff ich, dass meine Mutter mir wirklich nicht glaubte. Es nutzte auch nichts, ihr das Jojo zu zeigen, das der Mann mir gegeben hatte, und zu sagen, dass es ein *Beweisstück* sei. Ihrer Meinung nach müsste man Jungen wie mir mit so einer unanständigen Phantasie gehörig den Mund mit Seife waschen. Mein Vater hörte gar nicht hin, und meine Schwester glaubte mir nicht, aber sie war auch noch nicht groß genug, sie war ja bloß ein Teenager. Ich ging ins Badezimmer und schloss mich ein und versuchte, die Blutflecken aus meiner Unterhose zu waschen. Ich ließ sie auf dem Deckel des Wäschekorbs liegen, sie sah aus, als hätte ich versucht, Erde auszuwaschen. Oder Blut.

Meine Mutter kam in mein Zimmer, als ich schon im Bett war, und fragte mich, was ich da mit meiner Unterhose gemacht hätte.

Ich habe es dir gesagt. Ich habe dir doch auch das Jojo gezeigt, das er mir in die Tasche gesteckt hat.

Mama verließ das Zimmer, und dann kam meine Schwester Erna herein und wollte mir etwas vorlesen.

Ich kann selber lesen, mir braucht man nichts vorzulesen.

Ich lese trotzdem. Und Erna las …

Beim Lesen weinte ich die ganze Zeit, auch wenn das Buch gar nicht traurig war. Erna ging raus, und ich hörte, wie sie zu Mama sagte: Mit Martin stimmt etwas nicht.

Lies ihm einfach noch mehr vor, sagte Mama.

Ich wollte nicht, dass Erna mich weinen hörte, es gelang mir, mich schlafend zu stellen.

Ich weinte nicht, nachdem sie gegangen war. Ich war ein Waisenkind, verlassen und allein auf der Welt, und ich wünschte mir nur, am nächsten Tag nicht aufwachen zu müssen. So einfach war das. Wenn es trotzdem zum Schlimmsten käme, dass ich wieder aufwachte, wusste ich einen Weg, um von dieser Erde zu verschwinden. Ich hatte vor kurzer Zeit heimlich einen Roman gelesen, in dem genau geschildert wurde, wie man sich erhängt. In unserer Garage gab es einen passenden Haken an der Decke und darunter eine Hobelbank, auf die man eine Holzkiste stellen konnte; und die trat man weg, nachdem man sich die Schlinge mit einem sorgfältigen Affenknoten um den Hals gelegt hatte, von dem Pfadfinderfähnleinführer Rainer behauptete, dass er immer funktionierte.

Ich wollte nicht mehr zur Schule, ich wollte einfach nur krank sein, bis mittags im Bett liegen bleiben, bis Mama zur Arbeit ging – und dann wollte ich in die Garage gehen und mich am liebsten sofort erhängen. Damit alles ein Ende hatte. Warum es hinauszögern? Trotzdem fand ich es Mikkis wegen schäbig, mich umzubringen, und mir fiel ein, ich müsste ihn irgendwie darauf vorbereiten, damit es nicht allzu schlimm für ihn war, wenn ich erhängt wäre. Der Haken bei der Sache war nur der, dass ich mit dieser Aktion warten musste, bis ich mit ihm geredet hatte. Das Erklimmen der Kiste auf der Hobelbank duldete aber möglichst keinen Aufschub.

EINE SCHLAFLOSE NACHT, gut geübt und oft geübt. Martin Montag nimmt seinen Laptop und steigt die Wendeltreppe hinauf ins Turmzimmer. Er öffnet das große

Fenster, und es kommt ihm fast so vor, als würden die Wolken mitsamt Mond und Sternen in den Turm hineinströmen. Als würde Martin Montag unter freiem Himmel sitzen, als sei die Stille vollkommen, völlige Abwesenheit von Geräuschen, Erinnerung an die Stille in einem schweizerischen Bergtal. Damals war er sieben, ein unternehmungslustiger kleiner Bursche, kein besonders fröhlicher, aber keineswegs ein trauriger. Ein grüblerisch veranlagter Junge, ein Junge, wie Jungen sein sollen.

Ich schalte die Elektroheizung ein und die Leselampe, ich breite eine Decke über mich und surfe im Internet, um neue Erkenntnisse über die neuesten Therapien zu finden, dieses Mal im Zusammenhang mit einem Speiseröhrenkarzinom. Eine solche nächtliche Suche im Internet hat bereits einige Male eine Rettung ermöglicht. Ich stoße auf einen Medikamentencocktail, der zusammen mit der Bestrahlung zu besten Resultaten geführt hat, und zwar bei genau dieser Art Tumor, den der Jojo-Mann in sich hat. Die neuesten Ergebnisse einer australischen Untersuchung sind vollkommen eindeutig.

DER MORGENSCHIMMER bringt den Nachtwandler Martin Montag wieder auf die Beine. Er muss eine ganze Weile geschlummert haben, seine Glieder sind steif. Jetzt will er in sein Bett, bevor Petra aufsteht.

Aber sie ist bereits wach und streckt eine Hand nach mir aus: Du bist durch und durch kalt.

Ich bin am Laptop eingeschlafen. Ich bin wirklich krank.

Auf einmal erinnerte ich mich, dass es etwas gab, was Arbeit heißt. Ich müsste längst aufgestanden sein und am Kanal entlanglaufen, in dieser Stadt mit all dem Verkehr und der Hektik, wo der Tag bereits in der Nacht beginnt. Ich würde gerne in Istanbul aufwachen, einer Megametropole mit viel Ruhe am Morgen. Wozu ein Morgenmensch in einer Stadt sein, in der sich die meisten Leute vor Tau und Tag aus dem Bett zwingen und das auch noch für eine Tugend halten? Wozu stehen all diese Menschen so früh auf? Bei mir verhält es sich anders, ich muss früh auf den Beinen sein, ich muss für meinen Kampf in Topform sein, ich muss einen Vorsprung vor dem Tag haben.

Ausgeschlossen, dass ich es ins Krankenhaus schaffe.

Es ist das erste Mal in unserer gemeinsamen Zeit, dass du nicht zur Arbeit gehst. Brauchst du vielleicht einen Krankenwagen?

Ruf bitte keinen Krankenwagen, das ist morgen vorbei.

Was ist los mit dir, mein Schatz?

Ich bin schlapp, und ich habe grauenvolle Kopfschmerzen.

(Beides eine Lüge. Ich fühle mich zwar grauenvoll, aber ich kann dieses Unwohlsein nicht genau lokalisieren. Ich finde es geradezu erstaunlich, dass so etwas möglich ist, ohne urplötzlich dahingerafft zu werden.)

Hast du Schmerztabletten genommen?

Ja.

Petra dringt unter dem Oberbett zu mir vor und legt sich längs an meine Seite. Sie ist sehr warm. Ich sollte es eigentlich als angenehm empfinden, ihre Wärme auf mich ausstrahlen zu lassen. Aber so wirkt es nicht bei einem pervertierten Menschen wie mir. So einer muss sich zusammenreißen, um nicht laut zu jammern und einfach loszuheulen.

Wie sollte ich dieses Weinen erklären? Petra hat mich nur ein einziges Mal weinen sehen, und zwar als Effie starb. Eine achtzehnjährige Patientin von mir, die nicht hätte sterben dürfen, weil wir Patienten mit dieser Tumorart normalerweise retten können. Fünfundsiebzig Prozent der Betroffenen werden geheilt, aber bei Effie war nichts zu machen. Hundertprozentig nichts zu machen. Als bei ihr eine Allergie gegen das Medikament auftrat, das zusammen mit der Bestrahlung am besten wirkt, war der Kampf verloren.

Effie war nicht nur die bezauberndste Person, die mir je begegnet ist, sondern auch die schönste, eine Göttin wie Petra und Jadwiga, aber sie übertraf die beiden noch. Sie war hochintelligent wie Petra und hatte denselben hintergründigen Humor wie Martin. Noch an ihrem Todestag konnte sie scherzen.

Ich kam kurz vor Mittag zu ihr, und sie erzählte mir einen Witz. Ich lachte, aber sie war zu geschwächt, um zu lachen. Stattdessen schenkte sie mir ihr strahlendes Lächeln, das nur mir galt. Ich bewunderte es fasziniert, und das war mehr als angebracht, weil sie ihr letztes Lächeln für mich aufgespart hatte. Aller Charme dieser Welt, dieser bezaubernden Person und meiner größten Heldin, lag in diesem Lächeln nach dem Witz: Das Lächeln besagte, dass das Leben ein einziger Scherz war, und zwar ein so witziger, dass man auch im Angesicht des Todes noch darüber lächeln kann. Nehmen Sie das Ganze doch nicht so ernst! Wir müssen alle sterben, und jetzt bin ich dran! Ja, ich!

Zur Bestätigung dessen, wie lächerlich das alles ist, lächle ich Sie jetzt an!

Ich legte meine Hand über ihre, sie war zerstochen und dunkelblau von all den Infusionseinstichen, und sie legte ihre andere Hand auf meine und streichelte sie. Ich wurde wieder zu mir selber, zu dem, der ich einmal in einem schweizerischen Bergtal gewesen war, zu dem siebenjährigen Jungen, der wie ein Mensch berühren und berührt werden wollte. Seit Effie mich berührt hat, weiß ich, was das bedeutet. Ich kann diese Erinnerung heraufbeschwören, und in ihr verwandle ich mich wieder in den Menschen, der ich hätte werden sollen.

Und dann sagte sie: *Arzthände.*

Denn ich habe die Gabe, kranke Menschen mit sanften Händen zu berühren, das ist mir oft gesagt worden. Nicht zu fassen, ein Mann mit meinem Handicap.

Um fünf ging ich noch einmal auf die Station, um nach Effie zu sehen. Eine Krankenschwester bemerkte, auf welches Zimmer ich zusteuerte, und sagte mir, dass Effie gestorben war.

Aber sie hat mir erst heute Morgen noch einen Witz erzählt!, sagte ich.

Diese Krankenschwester war alt und erfahren, sie hatte stahlgraue Haare, und die auf ihren Zähnen waren wohl ebenfalls aus Stahl. Sie sah mir direkt in die Augen und fragte: Was für einen Witz?

Ich antwortete wütend: Wer erinnert sich denn an so etwas?

Möchten Sie noch einmal zu ihr?, fragte die Alte ungerührt.

Ich machte, dass ich wegkam, und rannte im Arztkittel zu meinem Wagen. Konnte mich nicht dagegen wehren, dass mir, wenn die Ampel auf Grün sprang, die Tränen aus den Augen schossen. Ein Gefahrenfaktor im Verkehr.

Ob ich in Effie verliebt war, weiß ich nicht genau, und vielleicht berührt es mich deswegen nicht, weil es so endete, wie es endete. Immer noch präsent ist aber die Frage: Was, wenn sie überlebt hätte?

Ich brach in Petras Armen zusammen und sagte ihr, dass Effie tot war.

Petra versuchte, mir Mut zuzusprechen. Das war nicht möglich, ich weinte weiter und sagte, Effie hätte nicht sterben dürfen. Wir haben uns nicht genug Mühe gegeben.

Du bist außer dir, ihr habt doch alles in menschlicher Macht Stehende getan.

Aber bei ihrer Krankheit gab es relativ gute Aussichten auf Heilung.

Petra schüttelte den Kopf: Sag das nicht. Wer wüsste besser als du, dass man nicht alles heilen kann, was angeblich heilbar ist.

Es war heilbar, unbedingt, es hätte geheilt werden können! Es ist unerträglich! (Martin Montag redet gewöhnlich nicht so.)

Petra fragte mich, ob ich nicht lieber einen Arzt aufsuchen wollte.

Bist du noch bei Trost?, fragte ich brüsk. Petra zuckte zusammen, denn normalerweise wäge ich sehr wohl ab, was ich sage und wie ich es sage. Ich fügte hinzu, dass ich, wie sie selber genau wüsste, möglichst keinen anderen Arzt konsultierte als mich selber und dass ich nie und nimmer die Peinlichkeit ertragen könnte, heulend bei einem Kollegen vorzusprechen!

Schließlich schlug Petra mir vor, eine Schlaftablette zu nehmen, auch wenn es erst kurz nach neun war. Das tat ich, und erledigt, wie ich war, schlief ich auf der Stelle ein. Als ich gegen zwei wieder aufwachte, hatten die Nerven sich immer noch nicht beruhigt. Eine ganze Woche lang dachte ich darüber nach, ob ich nicht den Beruf wechseln sollte. Ich hatte schon immer mit dem Beruf des Tierarztes geliebäugelt.

Ich sprach mit Petra über diese Möglichkeit. Prinzipiell hatte sie nichts dagegen einzuwenden (im Gegensatz zu allen anderen Ehefrauen dieser Welt), und wir dachten zusammen über diese neue Perspektive nach.

Aber für deine Patienten ist es doch ein Glück, dass es dich gibt, fiel ihr plötzlich bei einer dieser Diskussionen ein.

Und diese einfachen Worte ließen mich auf der Stelle eine Kehrtwendung machen. (Als hätte ich selber nicht gewusst, was für ein Riesenglück sie hatten!) Ich gab den Gedanken an die Veterinärmedizin einstweilen auf.

Es darf nie wieder vorkommen, dass du eine so starke Bindung zu einem Patienten entwickelst. Nie wieder.

Ich weiß das, ich weiß, ich weiß.

Ich ließ mir Effie zu einer Lehre werden. Bis ich meinem Martin begegnete. Hätte ich ihn verloren, hätte ich mich selber verloren. Wäre direkt hinter ihm in den Abgrund gerasselt.

Und meine Petra streichelt mir die Wange. Sie steht auf, deckt mich zu und sagt mir, ich solle versuchen zu schlafen. Und genau das sehne ich herbei, den längsten

Schlaf der Welt unter Ausschluss von Geräuschen, hoch oben in einem schweizerischen Tal, als ich sieben war. Als die Zeit hätte stillstehen sollen, es aber nicht tat, sondern wie ein Zug auf Schienen ohne Weichen weiterraste und mich nicht vor dem Bösen bewahrte, weil ich mich auf der falschen Station befand. Allein und von aller Welt verlassen, dem Bösen ausgeliefert. Und nirgendwo war Trost zu finden. Nur indirekt bei ausländischen Menschen in Berlin, bei denen es Leben und Farben und Freude und eine Sinfonie von Gerüchen gab, und bei ihnen durfte man mich berühren, weil sie nicht zu uns gehörten und eine andere Hautfarbe hatten als der Teufel mit dem Jojo und meine Eltern, die mir nicht glaubten, als mein Leben auf dem Spiel stand, sondern ihr Kind ein für alle Mal um seine Zukunft betrogen.

Petra hat ihren Kaffee getrunken, kommt herein und fragt, ob sie im Krankenhaus anrufen soll, um mich krankzumelden. Ich bin so elend, dass ich das akzeptiere und in Petras Wärme liegen bleibe, mir tut es überall und nirgends weh, am meisten aber in den übernächtigten Augen.

Die Sekretärin, mit der Petra spricht, arbeitet schon seit zwei Jahren bei uns. Es ist an der Zeit, dass ich mich zusammenreiße und ohne Anstrengung an ihren Namen erinnere: Es reicht nicht zu wissen, dass diese Person irgendwas mit Ja heißt. Genau das sage ich und verschlucke den Rest, Frau Ja … sage ich. Sie heißt Jahr. Jahr. Edeltraut Jahr. Nie mehr vergessen. Edeltraut Jahr, Frau Jahr.

Frau nicht Ja, sondern Jahr ist auf der unsichtbaren Station. Sie arbeitet geräuschlos und schnörkellos, nicht mit der typisch deutschen Geschäftigkeit. Ich kann mich nicht an diese Tüchtigkeitshektik gewöhnen, denn ich bin bei Eltern aufgewachsen, die sich überflüssige Handgriffe sparen und schnell arbeiten, auch wenn es den Anschein hat, als würde man nur langsam vorankommen. Genau so gehe ich die Dinge an. Man hat mir gesagt, dass ich nie so wirke, als hätte ich es unerhört eilig – mir, der ich mir selber die Zeit knapp bemesse und mit Höchstgeschwindigkeit arbeite.

Ein Morgendämmerungsstreif zwängt sich zwischen den Vorhängen ins Zimmer. Ich bitte meine liebe Petra, die Vorhänge dichter zuzuziehen.

Ich trau mich kaum, zur Arbeit zu gehen, sagt sie besorgt. Du kannst ja buchstäblich nicht den Kopf vom Kissen heben.

Es ist nichts Ernstes mit mir, es ist nichts Ernstes mit mir, plappere ich in meiner Verzweiflung. (Verzweiflung darüber, dass ich sie nicht loswerde und vielleicht nicht allein sein kann.) Ich sage: Also, sollte ich wirklich Hilfe brauchen, dann hat Martin heute einen freien Tag. Wir wollten uns eigentlich nach der Arbeit treffen. Es ist überhaupt kein Problem, ihn zu fragen, ob er nicht kommen kann. Aber das ist gar nicht nötig, ich möchte einfach nur so vor mich hin dösen.

Ist irgendwas passiert?, fragt Petra leise, und ihre Stimme zittert leicht.

Es passiert immer irgendwas.

Du bist Arzt mit Leib und Seele, es gibt keinen besseren. Manchmal glaube ich, dass deine Arbeit dein Leben und deine Seele ist. Aber damit machst du es dir auch unerträglich schwer.

Ich kenne keine andere Methode. Ich habe mir diesen Job gewählt, und ich kann ihn nur so ausüben.

Du solltest es trotzdem so halten wie andere Sterbliche, nämlich dir angesichts schwieriger Aufgaben bei Experten Rat holen.

Du meinst, ich sollte mich analysieren lassen?

Ja, etwas in der Art. Von einem guten Psychiater.

Oder ich lass den Psychiater sausen und werde Tierarzt.

Mein lieber Mann, ich wünschte, ich wüsste, was am besten für dich wäre.

Petra beugt sich über mich und gibt mir einen Kuss auf die Wange, ihr Haar kitzelt mich am Ohr.

Wie gut ich es habe, sage ich mit klarer Stimme aus dem schlimmsten Unbehagen aller Zeiten heraus. Wie gut ich es habe.

Mach es dir zunutze, mein Liebster.

Und Petra streichelt meine Hände, die auf dem Oberbett liegen. Mir schießt der verrückte Einfall durch den Kopf, dass meine Hände bereits abgestorben sind, nur der Rest hängt noch am seidenen Faden. Am besten gleich testen, wenn Petra weg ist.

Sie kommt mit einer Flasche Wasser, einem Glas und einer Banane und stellt alles auf meinem Nachttisch ab. Holt das Telefon und legt es ebenfalls auf meinen Nachttisch.

Ich rufe dich an, wenn ich bei der Arbeit bin.

Tu das nicht, vielleicht schlafe ich ja dann. Lass mich lieber bei dir anrufen.

Wenn du es bis elf Uhr nicht getan hast, melde ich mich.

Meine Liebste, meine beste und einzige Liebste, sage

ich und versuche, die Worte wie ein Troubadour von Gottes Gnaden zu artikulieren, falls es die allerletzten wären, die sie von mir hörte.

Petra macht die Tür hinter sich zu, und ich versuche, meine Arme zu bewegen. Nicht tot. Ein ganzer Martin Montag am Leben. Wie lange noch?

Hand an sich legen.

Wer glaubt, es sei ein Leichtes, Hand an sich zu legen, irrt sehr. Zur Verwirklichung sind Bedachtsamkeit, Mut und eine gewisse Tatkraft erforderlich. Für jemanden, der überhaupt keine Kraft mehr besitzt, ist es schwer, sich das Leben zu verkürzen. Man kann natürlich Pillen schlucken, sofern man noch einigermaßen imstande ist, Pillen zu schlucken, aber die Methode ist riskant, denn durch Pillen Sterbende werden fast immer mit noch einem Funken Leben in sich gefunden. Sie sind über die Wiederbelebung entsetzt und wütend, denn nun müssen sie es noch einmal versuchen.

Der entscheidende Punkt ist: WO. Menschen, die eine Familie haben und ihr Leben beenden wollen, müssen darüber nachdenken, wer sie finden wird. Und das bedeutet: Wo?

Ein Mensch mit Familie, der sterben will, muss – sofern er geistig noch auf der Höhe ist – darauf achten, dass er nicht von seinem Kind aufgefunden wird. Ansonsten führt er das Vorhaben aus, wo auch immer er sich befindet. Er braucht die sofortige Erlösung, koste es, was es wolle. (Und wer auch immer ihn auffindet.)

Den Ort zu wählen, ist schwieriger als die Ausführung. Ein Mensch, der sterben will und noch genügend Geisteskraft besitzt, ist darauf bedacht, seinem Leben nicht einfach irgendwo in der

Walachei ein Ende zu setzen, denn das fügt dem, was seine Angehörigen erleiden müssen, die Ungewissheit hinzu, dass er verschwunden ist und nicht gefunden wird. Er lässt tagelang nach sich suchen und womöglich noch länger.

Wie gesagt, das zentrale Problem ist: WO*? Lösung erbeten.*

Der Anziehungskraft und anderen Gesetzmäßigkeiten zum Trotz schaffe ich es: in die Dusche, in die Klamotten, die Treppe hinunter. Erstaunlich, wie abstoßend der Aufzug ist, wenn ein Jogger, dessen Beine sich weich wie Butter anfühlen, ihn endlich mal braucht. Und diese komischen Butterbeine glauben, auf der Straße noch etwas ausrichten zu können.

Mein Auto fährt mit mir zum Haus der Eltern. Seit Weihnachten bin ich nicht da gewesen. Damals war der Grimms-Märchen-Tannenbaum neben der Garage schneeweiß, und in ihm saß ein kleiner Vogel, der in schrillen und beinahe garstigen Tönen kundtat, dass ihm diese White-Christmas-Karten scheißegal seien. Petra und ich mussten damals laut lachen, woraufhin die Kreatur verstummte.

Mit den Dimensionen dieses Baums konnte ich zurechtkommen, als ich klein war. Aber jetzt ist er so groß geworden, dass die Garage kaum noch zu sehen ist. In meinem früheren Zimmer verursacht er permanente Dunkelheit und findet sich so wichtig, dass es gesetzlich verboten ist, etwas dagegen zu unternehmen.

Der Ort ist gefunden. Er war natürlich die ganze Zeit in Sichtweite, auch wenn ich so tat, als würde ich ihn nicht sehen. Die Lösung, die Antwort auf die Frage WO? ist gefunden. Das Losungswort ist *die Garage*, und ein vorausschauender Mensch hat den Schlüssel eingesteckt, den er ansonsten an einem sicheren Ort aufbewahrt.

Selbstverständlich passt der Schlüssel noch ins Loch. Selbstverständlich öffnet sich die Tür, und die Hobelbank wartet genau wie am Tag eins, und der Haken an der Decke hat sich nicht von seinem Platz fortbewegt.

Man braucht aber nicht wie früher irgendwelche Vorbereitungen zu treffen. Man benötigt keine Holzkiste mehr auf der Hobelbank, die Höhe passt jetzt. Die Ausführung ist für einen vierunddreißigjährigen Mann von eins neunundachtzig wesentlich einfacher als für einen Achtjährigen. Der Erwachsene kommt ohne eine Kiste an den Haken heran, und seine Marathonbeine verfügen über ausreichend Kraft, um eine Hobelbank unter ihm wegzutreten.

Es fehlen nur ZEIT und TAG. Niemand darf zu Hause sein, Wochenenden sind ausgeschlossen. Montag ist der Tag, Mittwoch oder Freitag, dann arbeitet meine Mutter auch nachmittags. Und natürlich ist jetzt Freitag. Ein guter Tag, um sich zu erhängen. Mit Effies Gedicht als Wegweiser?

Mein Leben ist nicht
fest in meiner Hand.

Ich kann es nicht mehr halten, und das Leben will,
dass ich loslasse

wie alle vor mir es zum Schluss taten. Auch die, die sich
fester daran klammerten.

Mein Weg führt mich in den Park, den ich die ganze Zeit gemieden habe, seitdem ich von der Schule nach Hause ging und damit begann, mich auf dem Weg zum Wasserfall, in den ich meine Zehen tauchen wollte, in dem Teich zu spiegeln.

Ein Kirschbaum in vollster Blüte beugt sich über den kleinen See und betrachtet sich. Eine perfekte Ansichtskarte aus narzisstischer Ewigkeit. Vollkommener Friede, der nicht in Frieden gelassen wird, denn da ist auf einmal ein kleines Bürschlein und inszeniert ein Happening um das Stillleben der Ewigkeit herum. Er rupft Blüten von Bäumen und wirft sie in den Teich, eine Handvoll nach der anderen. Und sie schwimmen so hübsch auf den Wolkenknäueln, dass Himmel und Erde ineinander zu verfließen scheinen.

Himmel und Erde, Mamasomm. Nun gibt es aber keinen Abstand mehr, alles ist in diesem Spiegel Seite an Seite, Himmel und Erde, und ich muss nur diese Rutschpartie unternehmen. Es dauert nicht lange. Und es ist kein Problem – genau wie Pfadfinderfähnleinführer Rainer uns einschärfte.

Der Junge mit den Blüten schaut hoch und sieht Martin Montag an, der mit sich selber redet.

Warten wir erst mal ab, sagt meine Mamasomm. Es ist vielleicht noch Zeit.

Das hat sie nie zuvor gesagt, und ich antworte erstaunt, ja, noch ist Zeit. Ob das vielleicht das Übel ist.

Zeit und Zeit. Übel und Übel, sagt sie.

Der Beginn der Litanei eines Strahlentherapeuten:

Die Zeit ist Zeit, das Übel ist Übel,
das Übel ist die Zeit, und die Zeit ist das Übel,
und das ist das Übel: die Zeit ist ein Übel …

Auf der nächsten Lichtung stoße ich auf ein überwältigend blaues Gewächs wie auf Gemälden. Wer war das noch, der immer blaue Bäume malte? Ich habe keine Ahnung, wie dieser Baum oder Strauch heißt, das finde ich nicht weniger unerträglich als die Tatsache, dass ich mich nicht an den Namen des Malers von blauen Bäumen erinnern kann.

Ein glatzköpfiger Mann in hellem Anzug kommt mir entgegen, ich grüße und frage ihn, ob er weiß, wie dieser aberwitzig blaue Strauch heißt. Er kann mir aber leider nicht helfen, er bewundert zwar alles, was wächst, aber er hat nie die Zeit gefunden, sich mit Bäumen und Sträuchern zu befassen und sich die Namen zu merken. Aber der Tag wird hoffentlich kommen, fügt er hinzu. Ich bin derselben Meinung und schäme mich fast, dass ich mich noch nie zu einem Kursus über Bäume angemeldet habe. Unbegreiflich, wo ich sie doch so liebe. Unbegreiflich, wiederhole ich streng. Der andere Mann hat es plötzlich sehr eilig, er verabschiedet sich. Ich mache kehrt und gehe hinter ihm her. Der Mann dreht sich mit weit aufgerissenen Augen nach mir um.

Die Bäume geraten in Wallung, der Teich kräuselt sich, Kirschblütenblätter werden auf den kleinen See gewirbelt, der Junge bei dem Baum fängt an zu lachen, und die

Sonne lacht ebenfalls grell. Und ich überquere nur die Straße zu einem Frühstück aller Zeiten auf dem Trottoir, ich verschlinge Schinken, Rührei, kleine Würstchen, Senf, Bratkartoffeln, Toast, Käse und Orangenmarmelade. Und höre erst auf, nachdem ich mir zwei Macchiato einverleibt habe. Mit einem Auge lese ich Zeitung, mit dem anderen betrachte ich den Wasserfall; wie die Sonne da in weiß schäumenden Stromschnellen herumhüpft. Im Kreuzberger Lokalblatt steht, dass heute im Park ein japanisches Kirschblütenfest gefeiert wird, es beginnt um fünf. Es geht genauer gesagt darum, sowohl die Blüten zu bewundern, die noch an den Bäumen sind, als auch die abgefallenen. (Und was ist mit den Blüten auf dem Teich?) Die Zeitung empfiehlt, Decken mitzunehmen, sie sagt einem auch, wo man fertige Proviantkörbe bekommt. Das wusste ich allerdings bereits seit Petras Geburtstag, ich machte mit ihr eine Picknickfahrt ins Blaue, diese Proviantkörbe waren voller Leckerbissen, und Petra sprang vor Freude in die Luft, als ich ihr an einem Waldsee, den ich aus der Zeit kannte, als meine Eltern Sonntagsausflüge mit uns machten, mit einer eisgekühlten Champagnerflasche aufwartete. Und natürlich möchte ich meinen besten Martin damit überraschen, uns derartig lukullische Proviantkörbe zu sichern, damit wir uns nach allen Regeln der Kunst den Blüten widmen können. Auf Japanisch heißt diese Art von botanischem Vergnügen *Hanami*, steht in der Zeitung.

Etliche seltsame Vögel streichen vorbei. Ein älterer Mann in einem elektrischen Rollstuhl düst lachend mit einer Frau auf dem Schoß durch die Gegend, in sehr gefährlicher Nähe zu meinen Zehen. Ein Mann mit Bart bis zum Bauch nähert sich auf einem Fahrrad. Der Bart wird mit einer ganzen Reihe von Gummibändern zusammengehalten. Er ist bereits an mir vorbei, als ich sehe, dass er einarmig ist. Eine knifflige Aufgabe für Einarmige, sich zwanzig Gummibänder um den Bart zu zwirbeln?

Martin Montag, Hauptdarsteller in einem Film über das eigene Leben, ist jetzt so fasziniert von komischen Vögeln in Menschengestalt, dass er aufhört zu frühstücken und die Zeitung zu lesen, er gibt sich fellinischem Leben und Treiben hin und begreift nicht, wieso Berliner überhaupt ins Theater oder ins Kino gehen. Kein Regisseur dieser Welt könnte solche Menschen auf dem Bürgersteig erfinden, zuallerletzt einen Siebzigjährigen, der sich auf der anderen Straßenseite in schnellem Takt vorwärtsbewegt und bei jedem fünften Schritt komplizierte Tanzfiguren übt. Aber wer würde schon sein Augenmerk auf einen Tanzmann richten? Keine Menschenseele. Das Programm in dieser Stadt ist einfach so. Selbstverständliche Gratisunterhaltung von früh bis spät, tagaus, tagein. Eine kleine Frau in einem steifen Mantel kommt dem Tanzmann entgegen und verneigt sich vor ihm. Er lacht laut und wiehernd, und die Frau in ihrem strammen Mantelpanzer geht mit kurzen, klappernden Schritten weiter ihres Weges.

Ich sitze bereits hinter dem Steuer, als ich mich besinne. Ich habe vergessen zu bezahlen. Ich gehe zurück und gestehe mein Verbrechen. Der Kellner ist ein junger Mann von besonders liebenswürdiger Art, er lächelt nur und sagt, das sei schon in Ordnung. Seine Augen glänzen fröhlich, und die Finger der Hand, die mir das Wechselgeld reicht, sind lang und künstlerisch. Ich frage ihn, ob er

Künstler ist. Ja, das ist er. Er malt und hatte schon eine eigene Ausstellung. Als ich ihm sage, dass ich gerne seinen Werdegang mitverfolgen würde, reicht er mir froh seine Visitenkarte. Ich sage ihm meinen Namen und gebe ihm so viel Trinkgeld, wie es möglich ist, ohne lächerlich zu wirken, ich schüttele zum Abschied seine künstlerische Hand und wünsche ihm Erfolg.

Das Frühlingsopfer umgibt mich aus meiner Angeber-Lautsprecheranlage, die ich für teures Geld in mein Auto einbauen ließ, obwohl die vorhandene im Grunde genommen mehr als gut genug war. Petra und ich sahen *Le Sacre du printemps* in einer Aufführung des Bolschoitheaters in Paris. Immer wieder erinnern wir uns an dieses Erlebnis, die brutalweiche Musik, den Todestanz der Mädchen, die geopfert werden sollten. Im Théâtre des Champs-Élysées gab es 1913 bei der Uraufführung einen Riesenskandal, die Tänzer waren gezwungen, ihr Heil in der Flucht zu suchen. Aber wo ist der nächste Laden mit Büchern über blühende Frühlingsbäume? Wärst du vielleicht gerne eine Fliege an der Wand gewesen, als Strawinski, unter dem Arm die Noten zum Frühlingsopfer, und zwar für Klavier zu vier Händen, Debussy auf den Straßen von Paris begegnete?, fragt Freund Martin. Debussy und Strawinski kehrten unverzüglich in der nächsten Bar mit einem Piano ein und spielten das Frühlingsopfer durch. Wärst du da gerne eine Fliege an der Wand gewesen? Wärst du da gern eine Fliege an der Wand gewesen? Man hätte glauben mögen, dass Martin Martinetti nur eines im Leben bedauerte, nämlich die zwei Komponisten am Klavier in dieser Bar verpasst zu haben, als sie *Le Sacre du printemps* spielten. Dieses verrückte Geschwätz ging so weit, dass ich mich gezwungen sah, ihn daran zu erinnern, dass er damals noch nicht geboren war.

Nein, ich war noch nicht geboren, und das ist wirklich außerordentlich schade, sagte Martin mit todernster Miene. Ich wusste wirklich nicht, was ich davon halten sollte.

Mitten im Frühlingsopfer ist mein Wagen am Steinplatz angekommen, direkt bei meinem Lieblingsbuchladen. Der ist nicht zu groß, aber groß genug. Mein Vater nahm mich damals zum ersten Mal mit dorthin, er kaufte sich Bücher für Heimwerker oder Bücher über die Schweiz, die vor unserer Reise nahezu kaputt gelesen wurden.

Die Verkäuferin mit dem hochgesteckten Haar trägt ein eng anliegendes schwarzes Kleid aus weichem Material, das gerade bis übers Knie reicht. Für ihr aufgestecktes blondes Haar habe ich eine Schwäche, und ich betrachtete diesen perfekten Jadwiga-Knoten im perfekt blonden Haar wie hypnotisiert.

Ich bin des Öfteren Kunde in diesem Laden, und ich bin dieser Dame auch früher schon begegnet, aber mir ist nie aufgefallen, was für schöne Beine sie hat. Wunderbar geschwungene Waden und schlanke Knöchel und einen hohen Spann. Sie trägt beigefarbene Lackschuhe mit kleinen Absätzen. Geschmack und Schönheit sind in ihr personifiziert, und entsprechend ist ihr Auftreten. Ich würde gern wissen, wie diese Frau heißt. Ihr Name steht auf einer Anstecknadel: Stefanie Schulz. Sie könnte fünfundvierzig, sie könnte auch sechzig sein.

Ich rede sie mit Frau Schulz an, und sie hat nichts gegen eine persönliche Anrede. Sie hilft mir bei der Suche, ich möchte zwei Bücher über blühende Bäume erwerben, ein dickes und ein dünnes, das man in der Tasche dabeihaben kann. Stefanie Schulz sieht mir direkt in die Augen, die sieht man nämlich trotz des wuchernden Bartes noch, und ich habe das Gefühl, diese Frau berühren zu können. Das allerdings ist etwas ganz Neues. Diese Frau hier könnte meine Mutter sein, aber sie ist es nicht.

An ihren Ohren baumeln glänzende Ohrringe von ähnlicher Farbe wie der verrückt blaue Strauch im Park. Sie spricht leise, aber ihre Stimme klingt seltsam hell, und in ihr schwingt ein Lachen mit wie bei einer Französin. Vielleicht singt sie in einem Chor, vielleicht ist sie Schauspielerin. Sie hält auf ihr Äußeres – zierliche Schultern, schlanke Taille und lange Schenkel. Das Alter zeigt sich an den Falten um die Augen, ansonsten ist Stefanie Schulz frei von Verschleißerscheinungen. Beim Bezahlen berühre ich spielerisch ihren kleinen Finger, und sie erlaubt sich, meinen Handrücken spielerisch zu berühren, als sie mir die Bücher reicht. Diese Mikroberührungen rufen Vibrationen in mir hervor, die ich aus meinem bisherigen Leben nicht kenne. Ich bin schon so weit, dass ich überlege, ob es ihr vielleicht Spaß machen würde, mit mir zu schlafen. Wenn ich mir zuvor den Bart abrasieren würde.

Sie lächelt, als ich mich bedanke. Sie lächelt wunderschön. Ich hätte gern ein Foto von ihr gesehen, als sie dreißig war. Um ein Haar hätte ich das laut gesagt. Ich bin total verschossen in Stefanie Schulz. Findet sie das amüsant? Teilweise vielleicht.

Draußen auf der Straße fühle ich mich ohne diese hochkultivierte Schönheit ganz allein auf der Welt. Es kann kein Zweifel bestehen, eine Frau mit diesem Aussehen muss Lieder lieben. Ich würde mir gern die *Winterreise* mit ihr zusammen anhören. Ein bescheidener Wunsch und nicht kompliziert. Ist das zu viel verlangt in einem Leben? Ich könnte in dieser Angelegenheit möglicherweise schon gleich morgen einen weiteren Vorstoß machen, indem ich noch einmal in den Laden gehe, um irgendetwas im Zusammenhang mit Schubert zu kaufen und damit wieder ein Gespräch anzuknüpfen. Das wäre doch die Idee, unter diesem Vorwand gleich morgen wieder einen Abstecher in diesen Buchladen zu machen. Auf dem Weg zur oder zurück von der Schwiegermutter ließe er sich einschieben. Aber vielleicht arbeitet Stefanie Schulz samstags nicht. Nein, bestimmt arbeitet sie samstags nicht. Das ganze Wochenende hört sie Schubert und trägt einen knöchellangen, in Thailand maßgefertigten Hausmantel. Um den Hals hat sie ein rohseidenes Tuch geschlungen, sie ist sehr bedacht auf ihre Stimme. Sie unternimmt außerdem Spaziergänge mit ihrem kleinen Hund, sonst würde sie sich nicht so gut halten. Immer mit einem Schal um den Hals, damit der sich nicht verkühlt.

Der Gedanke, Martin von Stefanie Schulz zu erzählen, ist verlockend. Ein Franzose versteht alles. Aber es wäre wohl ein bisschen zu viel des Guten für meinen Spottvogel. Martin Montag würde peinlichen Witzen über Mutterkomplexe ausgeliefert sein, die in einem Buchladen aufkeimen und anschließend grassieren.

Das Taschenbuch, das ich gekauft habe, heißt *Das kleine Buch über blühende Bäume.*

Der Botanische Garten. Dort sind jetzt wahrscheinlich nur wenige Menschen unter diesen märchenhaften Bäumen unterwegs, die ein hyperaktiver Zauberer mit Farbe übersprüht hat. Wie wäre es, mit diesem Buch in der

Hand botanische Insider nach den Baumarten zu befragen und sie im Buch anzukreuzen?

Ich gehe zum Auto, lege das große Buch hinein und nehme das *Kleine Buch über blühende Bäume* mit. Meine Wege führen mich zum Wasser. Im Herbst und im Frühjahr absolviere ich bei passablen Temperaturen um die zwanzig Grad auf den Wegen am Wasser entlang meinen Sonntagsmarathon. Ich bin im Grunde genommen sehr anspruchsvoll, was die Temperatur betrifft. Trotzdem laufe ich bei jedem Wetter und setze die Grenzen allenfalls bei zehn Grad Frost und siebenundzwanzig Grad Hitze. Ich kann auch bei großer Hitze oder Kälte laufen, finde aber, dass es an Fanatismus grenzt, bei mehr als zehn Grad Frost oder siebenundzwanzig Grad Hitze zu laufen. Zu solchen Typen möchte ich nicht gehören. In einem Jahr gab es so große Temperaturschwankungen, dass ich einunddreißig Lauftage verpasste. Einunddreißig. Einen ganzen verdammten Monat.

Das Laufen ist zwar ein Genuss, aber es ist auch ein Genuss, es ausfallen zu lassen. Es hat keinen Sinn, derartige Genüsse zu improvisieren, alles will vorbereitet sein. Vor dem Schlafengehen gilt es, die Außentemperatur zu kontrollieren. Falls Laufen nicht angesagt ist, stelle ich meinen Wecker auf fünfzehn Minuten später als sonst. Ich trinke auch eine Tasse Kaffee mehr und toaste mir eine Scheibe Brot. Toastbrot mit Butter, viel Butter (dünn gestrichene Butter finde ich unerträglich) und Orangenmarmelade schmeckt sündhaft gut und ungesund. Wenn ich nicht mehr zur Arbeit muss, werde ich mir jeden Morgen ein Toastbrot genehmigen, mit viel Butter und Orangenmarmelade. Na ja, okay – jeden zweiten Morgen.

Im Oktober war ich zuletzt hier, aber erst jetzt kommen mir die Farben des Herbstes in den Sinn. Seinerzeit rannte ich einfach nur durch die Gegend, ohne auf irgendetwas zu achten, aber jetzt entwickle ich diese vergangenen Farben in all ihrer Pracht. Der Frühlingszauber aus einer Spraydose kann sich damit nicht messen.

Ich lasse mich auf einer Bank nieder, die ich kenne, und der Schwan kommt von unter seiner Trauerweide angeschwommen und hinterlässt eine lange Kielspur auf dem See. Er neigt sein Haupt vor mir, während alle Hunde dieser Welt ausgelassen herumtollen und ihre Herrchen hinter sich herzerren. Man stelle sich all diese Leute vor, die niemand versteht außer ihrem Hund. Man stelle sich all die Dinge vor, von denen außer dem Hund niemand weiß. Der Hund als Tröster der Welt, ein Kirchenlied mit seiner eigenen Melodie.

Beim Mittagessen fällt mir ein, dass ich erst vor kurzer Zeit ein Frühstück zu mir genommen habe. Trotzdem fühle ich mich noch wie ein hungriger Wolf und schlinge meine türkischen Lieblingsdelikatessen in mich hinein, und ich gebe mit meinen armseligen Brocken Türkisch an. Die Kellnerin ist begeistert, eine osmanische Göttin, die ihre Gäste mit so unerhörtem Charme bedient, dass sie nichts weniger als Bauchtänzerin in der dritten Generation sein muss.

Am letzten Tag des Lebens kann es bei Patienten vorkommen, dass sie einen unkontrollierbaren Appetit entwickeln. Man hat versucht, es chemisch zu erklären, doch dem habe ich bislang nur halbwegs getraut. Ich glaube eher, man spürt irgendwie, dass es die letzte Gelegenheit ist, Essen zu genießen. Das Leben eines meiner entspanntesten Patienten endete auf diese Weise. Georg Franklin. Ein Mann über fünfzig, der niemals wegen schlechter Befunde aus der Fassung geriet, auch wenn seine Krankheitsgeschichte aus einer einzigen Aneinanderreihung von schlechten Befunden bestand. Seine Untersuchungsergebnisse waren immer viel schlimmer, als es zunächst den Anschein hatte. Der ursprüngliche Tumor hatte sich weiter in die Bauchhöhle eingegraben, als wir für möglich gehalten hatten. Metastasen, die nicht gleich zu finden waren. Er lebte nicht die zwei Jahre, die wir ihm in Aussicht gestellt hatten, sondern nur vier Monate, nachdem das Karzinom entdeckt worden war.

Nachdem er mehrere Tage lang kaum zu Bewusstsein gekommen war, richtete er sich eines Morgens auf und sagte: Was ist eigentlich los in diesem Krankenhaus, gibt es hier gar kein Frühstück mehr?

Es war bereits zehn, die Essenswagen mit dem Frühstück waren gekommen und schon längst wieder weg. Eine Krankenschwester, die ihn in ihr Herz geschlossen hatte, ließ sämtliche Vorschriften außer Acht, rannte in die nächste Bäckerei und brachte ihm einen Cappuccino und Schoko-Croissants.

Um drei Uhr war er tot, und die Krankenschwester, die ihn in ihr Herz geschlossen hatte, weinte, als sie seiner Frau erzählte, er sei hungrig aufgewacht und habe sich erkundigt, ob man in diesem Krankenhaus das Frühstück abgeschafft hätte. Die beiden Frauen weinten zusammen wegen des letzten Frühstücks von Georg Franklin, sie hielten sich im Aufenthaltsraum lange die Hände. Die Krankenschwester wiederholte mehrmals, dass er sich im Bett aufgesetzt, seinen Kaffee getrunken und zwei

Croissants mit Schokoladenguss gegessen hatte, und dann sei er gestorben.

ICH PARKE DAS AUTO an meiner Friedhofsmauer, um noch einmal den Inhalt des Abschiedsbriefs durchzugehen, den ich seit langem auswendig kann, abgesehen von der dritten Zeile: *Eine zufällige Begebenheit in der Arbeit …* Und den ich nun endlich auch geschrieben hatte. Ein mieser Brief, der nur Fragen aufwirft, aber keine Antworten gibt. Außerdem in einer Klaue sondergleichen, als würde ich mich über die unleserliche Arztschrift auf Rezepten lustig machen wollen. Aber ich muss den Brief hinterlassen, er ist zumindest besser als gar nichts. Mir bleibt keine andere Wahl.

Petra, du meine Liebe, meine Einzige,

ich muss dich verraten.
Ich habe nach Kräften versucht, vor dir zu verbergen, dass ich nur ein halber Mensch bin. Aufgrund einer zufälligen Begebenheit in der Arbeit ist es nicht mehr möglich, dass ich weiter existiere. Durch das, was mir widerfahren ist, bin ich kaum noch imstande dazu.
Auch ein halber Mensch kann von ganzem Herzen lieben, und das tue ich. Ich hatte das unerhörte Glück, Tage und Nächte mit dir verbringen zu dürfen. Und trotz allem, was geschehen ist, bin ich froh darüber, geboren worden zu sein. Das verdanke ich allein dir.

Doch jetzt kann ich nicht mehr. Mit der Zeit wird es dir ohne mich bessergehen als mit mir, vielleicht sogar sehr bald schon.
Verzeih mir, verzeih. Ich bin unter falscher Flagge gesegelt. Ich hätte gern wie ein ganzer Mensch existieren wollen, vor allem zusammen mit dir. Ich habe es versucht, aber es ist nicht möglich.

Dein Martin

Im Handschuhfach finde ich einen Umschlag für den Brief. Ich verstecke ihn einstweilen unter der Fußmatte vom Sitz hinter mir.

Der Abschiedsbriefschreiber, der zugleich auch Blütenbeobachter ist, überquert mit zwei Deluxe-Proviantkörben die Straße und hofft, dass er sich gut ausnimmt.

Ich stelle die Körbe neben dem Wohnzimmertisch ab, lehne mich im Sofa zurück und betrachte sie. Es wäre besser, den Graved Lachs mit der Soße in den Kühlschrank zu stellen, falls es sich mit der Kirschblütenschau etwas hinauszögern sollte, aber ich komme nicht vom Fleck.

Ein langer Sonnenstrahl aus dem Turmfenster hat sich auf dem Fußboden im Wohnzimmer niedergelassen. Hoffentlich bleibt er so lange wie möglich dort und unterstützt mich bei notwendigen Aktionen.

Notwendige Aktionen und dringende. Ich soll einen Mann heilen, der selber ein bösartiger Tumor ist und Metastasen streut. Er hat seinen Sohn umgebracht und seine Tochter dem Erdboden gleichgemacht. Wie viele andere hat er wohl noch mit seinem Spielzeug zu Boden geworfen?

Ich bin ein Kämpfer. Meine Lebensaufgabe ist, Tumore zu töten, so einfach ist das. Es bereitet mir allerdings manchmal Kopfzerbrechen, die beste Methode zu finden.

DIE TÜR muss offen gestanden haben, denn ich höre ihn nicht hereinkommen und bemerke ihn erst, als er am Sofatisch steht und abwechselnd mich und die Proviantkörbe ansieht.

Hallo, sage ich.

Selber hallo, sagt er, von dort, wo er steht.

Sollen wir uns vielleicht mal mit Baumblüten befassen?

Warum nicht.

Und Martin setzt sich mir gegenüber, ohne sich die Jacke auszuziehen, genau wie der Hausherr.

Blütenschau heißt auf Japanisch *Hanami*, sage ich.

Ja, sagt er.

Es fängt um fünf Uhr an.

Um fünf Uhr.

Ja, um fünf. Aber wir können natürlich dorthin gehen, wann immer wir wollen.

Natürlich.

Es passiert relativ häufig, dass Martin und ich keine Eile damit haben, etwas zu sagen. Ich bemerke die Stille erst, als er plötzlich sagt:

Ein Proviantkorb pro Mann.

Das ist ja wohl das Mindeste, sage ich.

Ja, sagt er.

Und mir rutscht unversehens mein neuestes Geheimnis heraus: Ich möchte mir gerne die *Winterreise* zusammen mit Stefanie Schulz anhören. Sie arbeitet in einem Buchgeschäft, diese Frau Schulz, ich habe bei ihr Bücher über blühende Bäume gekauft.

Wie poetisch von dir.

Ich sehne mich sogar danach, sie zu berühren, das ist etwas Neues.

Du sehnst dich sogar danach, sie zu berühren, und das ist etwas Neues.

Ja.

Du stehst ganz kurz davor, mir etwas zu sagen. Etwas Neues.

Sie ist etwas alt. Vielleicht fünfzig, vielleicht fünfundvierzig oder vielleicht auch sechzig.

In Frankreich gilt das nicht als alt. Dort bleiben Frauen über fünfzig Frauen, auch noch länger.

Franzosen sind immer einen Schritt voraus. Nur nicht in Sachen Shakespeare. Sie wissen ihn einfach nicht richtig zu schätzen, den größten Autor der Welt. Das habe ich nie verstanden.

Was weißt du über Shakespeare?

Das eine oder andere.

Warum hast du nie mit mir über Shakespeare gesprochen?

Er ist meine Privatangelegenheit, ich trage sie nicht zu Markte.

Ich wusste nicht, dass ich ein Markt bin.

Ich kann mich einfach nicht damit abfinden, wie die Franzosen mit Shakespeare umgehen.

Sie haben natürlich keinen Sinn für seinen Humor. Vielleicht ist es auch eine oberflächliche Nation.

Wenn du die Franzosen so abstempeln willst, bekommst

du es mit mir zu tun. Wenn irgendwer, dann sind Franzosen *sophisticated*.

Man kann gleichzeitig *sophisticated* und oberflächlich sein, du bist einfach ein alberner Snob in allem, was französisch heißt.

Manchmal denke ich, du hast etwas gegen deine Nation.

Ich bin inzwischen glücklicherweise halbwegs ein Pole, deswegen hängt es davon ab, über welche Nation du redest. Natürlich haben alle intelligenten Menschen irgendwas gegen ihre eigene Nation. Wenn man etwas gut genug kennt, liegen die Fehler auf der Hand, ob es nun eine Person ist oder ein Volk.

Du hast wohl deinen tiefsinnigen Tag.

Was man von dir nicht behaupten kann. Und wie siehst du eigentlich aus?

Meinst du damit, dass ich unrasiert bin?

Ich meine nicht deinen Steinzeitbart und die Haare, sondern deine durchsichtigen Augen, in die man trotz der Steinzeitbrauen noch blicken kann.

Ich bin müde.

Das ist nicht zu übersehen. Was macht dich so müde?

Ich muss einen Menschen umbringen.

Ist es nicht verfrüht, müde zu sein, bevor jemand umgebracht wird?

Ich habe schlecht geschlafen, ich bin immer wieder aufgewacht, weil ich nicht wusste, welche Methode ich anwenden sollte. Das Problem ist die Methode. Alles andere ist ein Kinderspiel.

Kann ich dir behilflich sein?

Ich wusste nicht, dass du über Erfahrungen dieser Art verfügst.

Ich interessiere mich für Morde, wie du weißt. Ich mag Kriminalromane.

Ach, mein Problem besteht eher darin, ob ich ihn einfach knallfall umbringen soll – oder mit medizinischen Methoden. Und da geht es dann allerdings nicht mehr nur um ein technisches Problem, sondern auch um ein moralisches.

Mir wäre nie im Leben eingefallen, dass irgendein Mensch dir so viel bedeuten könnte, dass du dir die Mühe machen würdest, ihn umzubringen.

Guter Gedanke.

Es sei denn, es ginge um dich selber oder Petra.

Ja. Oder um dich.

Danke für die Ehre. Und wer wird umgebracht?

Ein Patient.

Ein Patient?

Ja.

Eine ungewöhnliche Aktion für einen Arzt.

Wie wahr. Vielleicht sollte ich lieber mich selbst umbringen.

Das wäre natürlich sehr viel mehr im Sinne von Hippokrates.

Eben.

Im Übrigen könntest du zweierlei ins Auge fassen, wenn du Hippokrates beiseitelässt und dich nur darauf konzentrierst, alles in der korrekten Reihenfolge zu absolvieren.

Ich weiß. Genau die Idee war mir auch schon gekommen.

Wie wäre es, bis zehn zu zählen? Das Wochenende abzuwarten und auch deinen Geburtstag, der ist am Montag.

Ich weiß, dass er am Montag ist. Denkst du vielleicht, ich hätte die Orientierung verloren? Und was spricht dagegen, lieber mit vierunddreißig Jahren zu sterben als mit fünfunddreißig?

Gute Frage.

Ich habe alles vorbereitet, inklusive Abschiedsbrief.

Darf ich ihn sehen?

Den habe ich nicht hier, er befindet sich im Auto unter einer Fußmatte.

Können wir uns einigen? Du bekommst meinen Abschiedsbrief zu sehen, wenn ich deinen sehen darf.

Hast du den Abschiedsbrief eines Clochards etwa bei dir?

Ich trage ihn immer bei mir, um mich an das Leben zu erinnern.

Du trägst einen Abschiedsbrief mit dir herum, um dich an das Leben zu erinnern?

Ja. Vielleicht sollte ich ihn dir geben, um auch dich daran zu erinnern.

Martin holt einen zerknitterten Umschlag aus seiner Brusttasche und schwenkt ihn vor meiner Nase herum. Adressiert an Madame Agathe Martinetti in Antibes, Frankreich, das passt. Ich erschrecke, als er den Umschlag aufreißt und mir den Brief reicht.

Ach, sage ich und weiche seinem Blick aus.

Wenn du möchtest, kann ich ihn dir vorlesen, sagt Martin.

Ich mag ihm das nicht abschlagen, und Martin beginnt zu lesen. Mit fester, konzentrierter Stimme, wie der Meteorologe Dietmar Sonnenschein, den wir beide schätzen.

Meine sehr liebe Tante Agathe,

dies ist ein Dankesbrief an dich, auch wenn ich gar nicht weiß, wo ich mit meinem Dank anfangen soll. In meiner Kindheit gab es für mich nur eine zuverlässige erwachsene Person, eine Person mit klarem Verstand, die mich kannte und von meiner Situation wusste, und das warst natürlich du. (Außerdem vielleicht eine Hausangestellte, aber sie war eben nur eine Hausangestellte.) Wenn ich dich nicht gehabt hätte, wäre mir nicht ein einziger Funke vom Glauben an die Menschheit geblieben, und ich hätte es nicht bis heute durchgehalten.
Wenn du diesen Brief erhältst, werde ich nicht mehr am Leben sein. Ich möchte, dass du weißt, was aus mir wurde. Wenn ich an dich denke, wird mir warm ums Herz – und glaub mir, das war für einen Menschen mit meinem Lebenswandel immer von großem Vorteil, vor allem im Winter!

Leb wohl, meine liebste, beste Tante Agathe.
Immer dein Martin

Du brauchst jetzt gar nichts zu sagen, so ist das einfach, erklärte Martin, nachdem er mir den Brief vorgelesen hatte.

Was denn, ich wollte ja gar nichts sagen.

Das sieht dir und deiner Teilnahmslosigkeit ähnlich.

Ich brauche mindestens ein Jahr, um so etwas zu verdauen.

In der Zwischenzeit könntest du mir vielleicht sagen, was in dich gefahren ist.

Ein altes Geheimnis.

Vielleicht sprichst du jetzt mit dem richtigen Mann.

Inwiefern?

Wenn es um alte Geheimnisse geht, bin ich in meinem Element.

Sie lassen sich wohl kaum mit meinen vergleichen.

Man weiß nie, sagt Martin lächelnd.

Am liebsten würde ich meinen Freund bitten, dieses Lächeln aus seinem Gesicht zu wischen, aber ich möchte ihm nicht wehtun. Er ist ja schließlich gekommen, um bei mir zu sein. Und er hat sogar einen Umschlag aufgemacht und mir einen Abschiedsbrief vorgelesen. Ich schweige gereizt, bis er fragt:

Was hat dieser Mann dir denn getan, als du klein warst?

Woher weißt du, dass es ein Mann war, der mir etwas getan hat, als ich klein war?

Elementary, my dear Watson. Du hast von einem alten Geheimnis gesprochen, also kannst du selbst nicht sehr alt gewesen sein. Und meistens sind es Männer, die Kindern etwas antun. Dieser Mann muss dir etwas Furchtbares angetan haben, wenn du ihn umbringen möchtest.

Ja. Er hat mich vergewaltigt.

Wie oft?

Was meinst du damit, wie oft?

Ich meine, wie oft.

Einmal.

Im Vergleich zu manchen Kindern hast du Glück gehabt.

Ich hebe die Hand, um meinem Freund eine runterzuhauen. Aber kurz vor seinem Kinn erstarrt sie in der Luft.

Glück gehabt?, schreie ich. Was bist du für ein Freund,

was bist du für ein Zyniker! Ein Kind wird vergewaltigt, und du sagst, es hat Glück gehabt.

Wenn ein Kind nur einmal vergewaltigt wird, dann hat es Glück gehabt – verglichen mit einem Kind, das bis zum siebten Lebensjahr tagtäglich missbraucht wurde. Mit Ausnahme von einem Neujahrstag, als es sechs Jahre alt war.

Über was redest du eigentlich, verdammt noch mal?

Du meinst, über wen?

Über das, was an einem Neujahrsmorgen nicht passiert ist, als irgendjemand sechs Jahre alt war.

An dem Tag hat er mich in Ruhe gelassen, und am Neujahrstag ein Jahr später hat er sich umgebracht.

Wer denn, um Himmels willen?

Natürlich mein Vater.

Dein Vater?

Welcher sonst?

Martin, mein Freund, verzeih mir, davon hatte ich ja keine Ahnung.

Weißt du, was ich glaube – manchmal haben wir eine Ahnung, aber wir wissen nicht, dass wir sie haben.

Mein lieber Freund, was ist dir widerfahren?, frage ich wie ein Idiot, denn er hat mir ja bereits gesagt, was passiert ist, und meine Tränen fließen unaufhörlich, sie fallen wie Hagelkörner in meinen Schoß. Es ist ein heftigeres Weinen als bei Effies Tod. So habe ich nur einmal in meinem Leben geweint – an dem Tag, als ich von der Schule nach Hause ging.

Mir ist das Gleiche widerfahren wie dir. Aber du bist nur einmal ermordet worden, ich tausendmal. Und bei mir war es kein Unbekannter.

Lísa.

Du weinst so, dass ich kein Wort verstehe.

LÍSA. Die Vogelscheuche. Dieses rotblonde Mädchen, das sie einmal war. Sie heißt Lísa. Ich konnte mich immer an ihren Namen erinnern, auch wenn ich mir weismachen wollte, ich hätte ihn vergessen.

War es ihr Vater?

Das Ungeheuer lauert dem kleinen Bruder überall auf. Im Flur, in seinem Zimmer. In der Küche.

Und er ist dein Patient?

Ja, er hat ein Jojo verschluckt.

Wie bitte?

Sein Tumor sieht aus wie ein Jojo. Als ich von der Schule nach Hause ging, hatte er ein Jojo dabei. Jetzt kann ich ihn endlich umbringen. Ich habe ihn angeschrien, dass ich das tun würde.

Das hat noch Zeit. In deinem gegenwärtigen Zustand könntest du niemanden umbringen, nicht mal dich selbst.

Immer noch heulend, umarme ich den Freund, und er fängt ebenfalls an zu weinen, nimmt mich in die Arme, und wir werden von unkontrollierbaren Weinkrämpfen geschüttelt, bis ich mich aus der Umklammerung löse. Ich gehe ins Bad und übergebe mich so heftig, dass ich das Gefühl habe, Galle und Lungen rauszuwürgen.

Als ich wieder ins Wohnzimmer wanke, weint Martin nicht mehr, er trocknet mir das Gesicht ab und gibt mir Wasser zu trinken. Versucht, Erbrochenes vom Kragen meiner Wildlederjacke zu entfernen. Ich sage ihm, es sei zwecklos, die Jacke sei ohnehin ruiniert. Meine Lieblingsjacke. Und es sei wichtiger, sich um den Inhalt der Proviantkörbe zu kümmern. Ob er nicht vielleicht Käse,

Thunfischsalat, den Graved Lachs und die Soße im Kühlschrank unterbringen könne.

Er tut, worum ich ihn bitte. Dann führt er mich ins Schlafzimmer, zieht mir die Wildlederjacke aus und packt mich ins Bett. Dort liege ich wie ein Schlappsack, und es ist mir vollkommen gleichgültig, ob ich lebe oder sterbe.

Leg dich zu mir, mein Freund, sage ich trotzdem, damit ich nicht sterbe.

Da wir es bis hierher geschafft haben, brauchen wir doch jetzt nicht mehr zu sterben.

Er legt sich zu mir und nimmt mich in die Arme. Ich ruhe in seiner Umarmung, und ich verstehe es nicht. Ich müsste eigentlich vor der Berührung zurückschaudern. Vielleicht bin ich also doch ein Todgeweihter. Aber ich genieße es, solange mich jemand in den Armen hält, und das ist gut.

UND ZWEI KLEINE JUNGEN auf dem Schlachtfeld, die nach dem Kampf aufeinander zugeirrt sind, schlafen todmüde und verwundet ein, und wenn sie erwachen, sind ihre Verwundungen zwar nicht geheilt, aber die Jungen haben sich ausgeruht und sind insgeheim erstaunt und halbwegs froh darüber, das, was ihnen widerfahren ist, überlebt zu haben. Und immer noch ist heller Tag, und die Vögel sind so übermütig, dass ihr kunterbuntes Gezwitscher übertrieben klingt, und die Sonne selbst mischt sich ein in das Spiel und schäkert mit dem Laub in den Zwillingsbäumen auf dem Friedhof, die den Grabgefährten Luft und Sommer ihren Schutz verleihen.

MIX
Papier aus verantwortungsvollen Quellen
FSC® C083411

Das für dieses Buch verwendete FSC®-zertifizierte Papier
Lux Cream liefert Stora Enso, Finnland.